고민해서 뭐 할 건데?

고민해서 뭐 할 건데?

2019년 8월 10일 2판 1쇄 발행
2020년 10월 10일 2판 2쇄 발행

지은이 김혜정
그린이 JUNO
펴낸이 나춘호 | **펴낸곳** ㈜예림당 | **등록** 제2013-000041호 | **주소** 서울특별시 성동구 아차산로 153
팩스 02-562-9007 | **문의 전화** 02-561-9007
ISBN 978-89-302-1139-0 43810

STAFF
편집 윤민혜·노보람 | **디자인** 김세영
마케팅 임상호·전훈승 | **제작** 신상덕·이선희

김혜정 지음
JUNO 그림

예림당

내 고민을 해결해 준 이야기들

너는 내게 물었지. 작가님은 재산이 얼마예요? 생각할 시간을 충분히 주고 대답하는 자리가 아니었기에, 머릿속에 든 생각을 곧바로 말했어. 내 재산은 이제까지 내가 만든 이야기들이라고. 나는 물질적인 것보다 이게 나의 진짜 재산이라 생각한다고. 재산은 내가 가지고 있는, 나를 지켜 주는 소중한 것을 의미하는 거니까 말이야.

강연이 끝나고 집으로 돌아오는 길에 나는 내 답변이 제법 마음에 들었어. 그건 정말로 내가 어여삐 모으고 가지고 있는 중요한 재산들이니까. 그런데 뭔가 부족하다는 생각이 들었어. 왠지 내 재산이 그것만은 아니라는 생각이 드는 거야. 나를 만들어 준 건, 내가 만든 이야기뿐만이 아니야. 내가 읽고 보았던 세상에 존재하는 수많은 이야기가 있어. 나를 멈춰 서서 생각하게 했던, 나를 울게 만든, 내가 살아갈 수 있도록, 내가 글을 쓸 수밖에 없었던 많은 이야기들 말이야. 그런 이야기를 만날 때마다 나는 그것들을 나만의 보물 상자에 차곡차곡 넣어 두었지.

나는 이야기를 아주 좋아해 이야기를 만드는 작가 일을 하고 있어. 소설과 동화, 그리고 영화, 드라마, 만화 등 내 가슴을 설레게 하고, 내가 자라날 수 있게 도와준 이야기들이 무척 많아. 이야기들을 보며 나는 생각했어. 만약 이런 상황이라면 나는 어떻게 할까? 나도 저렇게 행동할 수 있을까? 훗날 이야기 속 주인공들과 비슷한 상황에 처하면, 예전에 보았던 이야기들을 떠올렸어. 그들은 내 귀에 대고 말을 해 주었지.

"혜정아, 나도 그랬잖아. 이렇게 해 보면 어떨까?"

이야기들이야말로 나의 가장 좋은 고민 상담자였어. 나는 참 고민이 많았거든. 뚱뚱한 몸이 싫었고, 친구 때문에 마음 아플 때도 많았고, 이유 없이 불안했고, 과연 앞으로 잘 살 수 있을지 두려웠어. 그때마다 이야기를 만나며 나를 다독일 수 있었어. 그들을 만났기에, 지금의 내가 존재할 수 있다고 생각해.

고민이 많다고? 걱정하지 마. 나도 그랬으니까. 쓸데없는 고민을 하는 건 문제겠지만, 아무런 고민 없이 십 대와 이십 대의 청춘을 보내는 건 더, 더, 더! 큰 문제라고(이건 정말이지 잔뜩 강조하고 싶어!). 고민이란 건 나를 어려움에 처하게 만들기보다, 어려움에서 빠져나오게 해 주거든. 아무 고민 없이 산다는 건, 아무 생각 없이 사는 것과 마찬가지 의미야.

자신이 누구이고 어떤 사람인지에 대해, 또한 앞으로 잘 살아갈 수 있는 방법을 너의 고민들이 안내해 줄 거야. 무조건 고민을 피하기만 하려고 하지 말고, 고민에 맞서야 해. 충분히 고민하고 또 고민해야 해. 다만, 정말 중요한 건 제대로 된 고민을 해야 한다는 거야.

너희들이 많이 하는 고민들을 크게 다섯 가지로 나눠 봤어. 1부에서는 현재 너희들이 처한 상황과 모습에 관한 고민들을, 2부에서는 사춘기의 혼란스러운 감정과 마음에 대한 고민들을, 3부에서는 사람들이 살면서 맺는 인간관계 고민들을, 4부에서는 앞으로의 진로에 관한 고민들을, 5부에서는 청춘으로 살면서 맞이하는 고민들을 다룰 거야. 내가 좋아하는 이야기 속 주인공들이 함께 너희들의 고민을 들어 주고, 해결 방법을 알려 줄 거야.

자, 이제 나는 내가 사랑한 이야기들을 담아 둔 보물 상자를 열려고 해. 그 안에서 내 보물을 하나씩 꺼내어 살펴보고, 깨끗한 헝겊으로 닦은 다음 다시 넣어 둘 거야. 이건 내 보물을 다시 들여다보는 과정일 거야.

너희에게 내 보물을 자랑할 수 있어서 참 기뻐.

2018년 여름 앞에서

김혜정

차 례

02... 울렁울렁 내 마음

사춘기의 혼란스러운 마음과 감정들, 괜찮을까?

03... 나 말고, 너 말고, 그래, 우리

우리들의 문제, 어쩌면 좋을까?

04... 잘 먹고 잘살 수 있을까?

미래의 진로가 너무 걱정될 때

01...

나는 걱정이 너무 많아

지금 나, 제대로 하고 있나?

첫 번째 이야기

고민이 너무 많아 고민이에요

: 기 드 모파상의 소설 《목걸이》

• • •

가끔 책을 읽다 보면, 혹시 이 작가가 나를 위해 이런 글을 쓴 게 아닌가 하는 착각이 들 때가 있다. 내가 아주 좋아하는 종류의 이야기라서, 혹은 너무나 내 삶의 이야기 같아서. 기 드 모파상의 《목걸이》는 후자의 이야기다.

파티에 초대받은 여자는 남편의 기대와 달리 조금도 기뻐하지 않았다. 파티에 어울릴 만한 옷과 장신구를 가지고 있지 않았기 때문이다. 분명 돈이 많은 여자들은 화려하고 예쁜 보석으로 치장하고 올 텐데, 그 틈에 끼어 가난을 드러내는 것만큼 굴욕스러운 일은 없으리라.

여자는 파티에 참석하기 위해 친구에게 다이아몬드 목걸이를 빌리는데, 그걸 잃어버리고 만다. 하는 수 없이 빚을 내어 비슷한 목걸이를 사서 돌려준다. 그 빚을 갚기까지 꼭 10년이 걸렸다. 빚을 다 갚은 어느 날, 우연히 목걸이 주인 친구를 만난다. 여자는 이제는 말 못할 이유가 없다고 여겨 친구에게 사실을 털어놓는다. 그러자 친구는 깜짝 놀라며 말한다. 자신의 목걸이는 실은 가짜였다고.

150여 년 전에 쓴 이 단편소설을 읽고 있으면, 모파상이 내 귀에 대고 소곤거리는 것 같다.

"지금 너도 저 여자랑 다르지 않아. 알고 있지?"

여자의 허영심과 나를 연결시켰다면 곤란하다. 내가 허영이 없는 사람이라서가 아니라, 《목걸이》를 천편일률적으로 해석하고 있는 사람을 또 만나서다. 학창 시절 국어 공부를 할 때나 작가 생활을 하고 있는 지금이나, 나는 작품의 주제, 교훈 등을 찾는 일을 싫어한다. 중, 고등학교에서 문학 작품을 배울 때 모두들 꼭 주제, 교훈을 정답처럼 만들어 놓은 후 외우라고 했다. 시험을 보기 위해 어쩔 수 없이 외우면서도 '정말 이 작가가 이런 주제를 전달하기 위해 썼을까?'라는 의문을 마음속에 품었고, 국어 점수는 별로 좋지 않았다(학창 시절 내가 제일 못했던 과목은 국어와 체육이었다).

작가가 되고 난 후 독자들을 만나는 일이 종종 생긴다. 독자들은 내게 또 묻는다. "작가님, 이 글을 쓴 의도가 뭐예요? 독자들이 작가님의 글을 읽고 어떤 걸 느꼈으면 좋겠어요?" 같은 질문. 그때마다 난 "그건 독자의 자유예요."라고 대답을 하는데,

질문을 한 사람의 표정은 좋지 않다. 뭐 저런 무책임한 작가가 다 있나 하며 날 바라본다.

문학을 이해하고 받아들이는 방식은 천차만별이다. 물론 글을 쓴 작가의 이유는 있다(이유 없이 글 쓰는 사람은 없다). 하지만 그건 작가의 몫이고, 글을 읽고 해석하는 건 전적으로 독자의 몫이다.

작가가 a를 의도했지만, 독자는 b, c, d로 해석해도 전혀 상관없다. 오히려 그게 더 작품을 풍성하게 만들어 주는 일이다. 오로지 a 하나로만 해석하고 받아들이는 건 전체주의 문학처럼 무섭게만 느껴진다.

그렇기에 모파상이 어떤 의도로 작품을 썼는지는 궁금해 할 필요도 없고, 궁금하지도 않다. 다만 나는 작품 속 주인공 여자가 너무나 안됐을 뿐이다. 차라리 목걸이가 진짜였다면 얼마나 좋았을까, 여자가 그 사실을 몰랐으면 좋았을 텐데 하는 별생각이 다 든다(물론 그렇다면 소설 거리가 되지 못했겠지만).

여자가 목걸이를 목에 건 시간은 불과 하루도 채 되지 않았지만, 여자는 10년간 그 목걸이를 목에 건 채 힘겹게 살았다. '고민'이란 목걸이를 말이다.

지나 보면 별일 아니라고 말하지 마

여자와 나를 동일시하는 건 내가 '고민 제조기'이기 때문이다. 학창 시절에도 그랬지만, 지금도 나는 정말 쓸데없는 고민을 자주 한다. 서른이 훌쩍 넘고, 작가 생활을 한 지 10년이 다 되어 가지만 여전히 진로 고민을 하고, 싫어하는 친구를 어찌하면 좋을지 고민하고, 이제는 아이까지 낳아 키우다 보니 엄마로서의 고민도 이만저만이 아니다.

고민 없이 사는 사람이 어디 있겠냐마는 나는 좀 지나칠 때가 많다. 한 가지 고민이 생기면, 며칠 내내 그 고민에 빠져 지낸다. 어쩌지, 어쩌지, 어쩌지, 어쩌지… 돌림노래를 부르듯 계속 그 생각만 반복한다. 그러다 결국 고민에서 빠져나오게 되는데, 그 방법은 '질려서'다. 토할 정도로 생각을 하다가, 정말로 머릿속에서 구토를 하는 경험을 하게 되면 그 생각을 당분간 쉬게 된다. 그렇기에 절대로 이건 해결 방법은 아니다.

나는 "지나 보면 별일 아니야."라는 말에 썩 위로받지 못한다. 누군가 내게 그 말을 하거나, 그런 구절을 읽으면 잔뜩 인상을 쓴 채 되묻는다. "그건 결국 지나가야 해결된다는 거잖아요. 나는 지금 해결하고 싶다고요!" 하고 말이다. 과거는 별일 아닐지 모르지만, 지금 내가 살고 있는 시간은 현재다. 현재의 고민은 현재 해결되어야 한다.

그런데 대부분의 고민은 사실 지금조차 별일이 아닌 경우가 많다. 여자의 목걸이처럼 말이다. 잃어버린 값비싼 친구의 목걸이는 여자의 고민과 근심 자체였다. 10년간 여자는 지나치게 아끼고 아낀 생활을 하였기에 너무 많이 고생했고, 나이에 비해 훨씬 늙었다. 그래서 친구는 여자가 인사를 했을 때, 여자를 알아보지 못한다. 여자는 돈을 다 갚고 난 이후에야 이미 지난 일이 되었기에, 친구에게 목걸이를 잃어버렸음을 당당하게 고백한다. 허나 알고 보니, 여자가 끙끙 앓고 힘들어 했던 10년의 시간조차 별일 아닌, 쓸데없는 일이었다. 여자에겐 너무나 안타까운 일이지만, 여자는 괜한 걸 고민했던 거다.

고민의 객관화가 필요해

과테말라에는 '걱정 인형'이란 게 있다. 고민이나 걱정 때문에 잠들지 못하는 아이에게 부모는 손가락만 한 인형을 선물하며

"이 인형이 네 고민과 걱정을 가져갈 거야."라고 말을 한다. 아이는 잠들기 전에 인형에게 자신의 걱정을 말하고, 부모는 아이 몰래 그 인형을 치운다. 다음 날 아침, 부모는 아이에게 "네 걱정을 인형이 가져갔어."라고 말해 준다. 그러면 아이는 인형과 함께 걱정이 사라졌다고 느낀다는 거다.

그걸 보면, 아이라고 고민이나 걱정이 없는 건 아닌가 보다. 고민은 어른들의 전유물 같지만, 모든 연령대의 사람은 나름의 고민을 갖고 산다. 어쨌든, 걱정 인형이 정말로 걱정을 가져갔기에 아이의 걱정이 사라졌다기보다, 걱정 인형에게 말을 하는 행

위가 걱정을 줄어들게 만든 게 아닌가 싶다. 말을 하면서 스스로 걱정을 정리할 기회를 얻지 않았을까?

고민에 빠져 있을 땐, 혼자 마냥 그걸 안고 있다고 해결되는 경우는 잘 없다. 생각하면 할수록 더 고민만 된다. 고민은 개인의 일이기에 당연히 주관적인 건데, 이걸 객관화하는 작업이 필요하다. 머릿속은 무슨 생각이든 자유롭게 할 수 있는 공간이긴 하지만, 정리되지 않은 엉망진창의 방이기도 하다. 그렇기에 고민이 그 방에 있으면, 다른 생각과 함께 정리되지 않은 채로 떠돌아다닌다. 심지어 다른 생각과 연관 짓기까지 시작되면 고민과 걱정은 꼬리에 꼬리를 물고 점점 늘어나 걷잡을 수 없을 때도 있다.

이때 필요한 건 고민의 '정리'다. 걱정 인형에게 말을 하는 것보다 더 좋은 건 종이에 쓰면서 정리하는 일이다. 나는 사람들에게 메모의 힘을 자주 강조한다. 원하는 일도 적어 보고, 고민되는 일도 적어 보라며 말이다. 생각은 아직은 다듬어지지 않은 원석일 뿐이다. 그걸 구체화, 현실화시키는 건 행위다. 그리고 메모야말로 그 행위의 첫걸음이자 초석이다. 고민되는 일이 있으면 그걸 종이에 적어 본다. 적다 보면, 생각만큼 고민거리가 많지도 않다. 생각 상태로 있을 땐 무척 커다란 일 같지만, 막상 적다 보면 그리 큰 일이 아닐 수 있다. 또한 신기하게도 고민을 종이에 쓰고 있으면, 고민을 해결할 방법까지 떠오른다(사람의 뇌는 무궁무진한 방향으로 확장된다는 걸 잊지 말자!). 그러면 그 방법도 놓치지 않고 적어 보는 거다.

종이에 적은 걸 내 일이 아니라, 다른 사람의 고민이라 생각하고 대하는 것도 고민 정리의 좋은 방법이다. 친구나 주변 사람에게 이런 일이 생겼다고 가정한 후, 나라면 어떤 조언을 해 줄까? 어떤 해결책을 찾아가야 할까? 라는 식으로 접근해 본다. 의외로 해결책이 더 잘 떠오를 수 있다.

이런 식으로 정리하고 객관화하는 작업을 하다 보면, 고민의 부피가 줄어들거나 해결되는 경우가 꽤 많다. 머릿속으로만 백날 생각하면 해결 방법보다는 오히려 안 좋은 쪽으로 생각이 뻗치게 된다.

내 고민을 들어 줘

나 혼자만의 고민이란 건 없다. 비슷한 처지의 사람은 대부분

비슷한 고민을 하고 산다. 학생이라면 친구, 성적, 진로, 가족으로 비슷하고, 직장인이라면 적성, 월급, 업무 등의 고민, 부모라면 자녀와 관련된 고민을 한다.

작가가 되고 나서 첫 번째로 부딪친 고민은 '왜 내 원고가 까였을까?'였다(교양 있는 작가들은 까인다기보다 '반려'라고 표현을 하는데, 난 까인다는 걸 다르게 표현 못 하겠다. 원고 거절은 '까인다'는 표현이 딱인 듯하다). 10년 동안 작가 공모전에서 떨어지면서 힘들었던 것 중에 하나는 내가 쓴 글이 세상에 나오지 못한다는 사실 때문이었다. 작가가 되고 싶었던 이유는 내 글을 다른 사람들이 읽어 주기를 바라서였다(혼자 쓰는 게 재밌으면, 그냥 혼자 쓰면 되니까 굳이 작가가 되지 않았어도 됐을 거다).

등단을 한 작가의 글은 책으로 묶여 나오는 게 당연한 줄 알았다. 운이 좋게도 세 번째 책까지는 출판사에서 OK를 해서 다 책으로 나왔다. 하지만 네 번째 원고를 두고 출판사는 난색을 표했다. 아무래도 이 원고는 좀 힘들 것 같다는 말을 들었을 때, 공모전에서 떨어졌던 것보다 더 힘들었다. 내가 엄청 형편없게 글을 썼구나, 내 책이 잘 안 팔려서 출판사에서 더는 책을 안 내 주려나 보다, 앞으로 나는 어떻게 해야 하지, 다음에도 또 까이면 어쩌나, 괜히 작가가 된 걸까… 등등 별생각을 다했다. 그 당시 얼마나 힘들었냐면, 무작정 내과 병원에 가서 마음이 너무 아프니 약을 좀 달라고 해서 약까지 먹었다.

훗날 친한 동료 작가들이 생기기 시작했고, 원고 까였던 이야기를 털어놓으니 다들 "혜정 씨, 나도 그랬어."라고 자신들의 이야기를 들려주었다(더 나아가 실은 유명 작가 A도 까였다더라, B도 그랬다던데, 라는 문단의 뒷얘기들도 들을 수 있었다. 그 말들이 어찌나 힘이 나는지, 후훗). 알고 보니 나만 까였던 게 아니었다. 하지만 작가가 된 초창기에는 그걸 잘 몰랐다. 작가가 쓴 책은 으레 다 책으로 나오는 줄 알았기에 혼자 엄청난 고민을 했다. 작가 생활을 한 지 10년이 되었고 책이 여러 권 출간되기도 했지만, 그만큼 나는 많이 까이기도 했다. 이제는 나만 원고를 까이는 게 아니라는 걸 알기에 출판사에서 NO라는 대답을 들었을 때 조금 덜 힘들다.

고민이 있으면 그걸 누군가에게 털어놓자. 내 고민을 함께 겪고 있는 사람들, 혹은 이미 겪었을 사람들에게. 고민을 이야기하다 보면, 내 고민만 유독 힘든 게 아니라는 걸 알 수 있다. 그리고 보너스로 고민 해결 방법까지 얻을 수 있다. 까인 원고를 두고 속상해 하는 내게 동료들은 "그러지 말고 다른 출판사에 보내 봐."라거나, "근데 내 생각에는 그 원고는 이렇게 고쳐 보는 게 좋을 것 같아." 등의 조언도 해 주었다.

여자도 차라리 친구를 찾아가서 솔직하게 고백했으면 얼마나 좋았을까. 네 목걸이를 잃어버렸어, 하고 말이다. 그랬다면 친구는 그때 가짜인 걸 알려 주고, 여자는 10년 동안 그리 살지 않았어도 되었을 텐데.

목걸이여, 안녕!

작가가 되고 나서 계속 비슷한 고민을 반복해서 했다. 왜 내 원고가 까이는 건지, 내 책은 왜 안 팔리는지. 이야깃거리가 안 떠올라 하는 고민은 발전적이지만, 원고 반려나 판매량에 대한 고민들은 전혀 나를 이롭게 만들지 않았다. 아무래도 고민 해결 매뉴얼을 돌려야겠다 싶었다. 우선 종이에 고민을 적는다. 고민 1. 원고가 까였다. 고민 2. 책이 안 팔린다. 종이에 적어 보니 답은 너무나 쉬웠다.

원고가 까였다 ⋯→ 더 재밌게 쓰자.

책이 안 팔린다 ⋯→ 더 재밌게 쓰자.

내 모든 고민의 해결책이 하나였다니! 이렇게 간단한 걸 왜 쓸데없는 생각들을 하고 살았나 싶었다.

그래도 여전히 고민 때문에 답답할 때면, 동료 작가들을 찾아가 말했다. 그러면 돌아오는 답은 하나다. "나도 요즘 그래." 역시 나만 그런 건 아니구나.

고민 때문에 심각해질 때면, 나는 여자의 목걸이를 떠올린다. 나 역시 그 목걸이를 계속 걸고 있는 게 아닌지 말이다. 목걸이에 저당 잡힌 삶은 살지 말자고 오늘도, 다짐해 본다.

십 대로 사는 거 너무 어려워요

: 쿠로노 신이치의 소설
《어쩌다 중학생 같은 걸 하고 있을까》

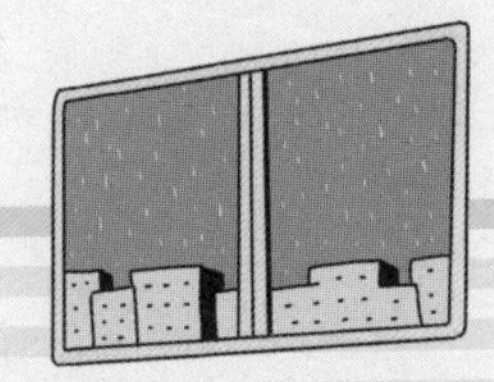

• • •

책 제목을 어떻게 짓는지 궁금해 하는 독자들이 많다. 그 질문을 받을 때면, 나는 아주 진지한 표정으로 "매우 고심하며 짓습니다."라고 대답한다. 제목은 작가 혼자 정하지 않는다. 내 경우, 초고를 쓸 때 가제로 지은 제목대로 나온 경우는 열여덟 권의 책 중 반밖에 되지 않는다. 절반은 책이 나오기 직전 출판사와 상의하여 바꾸었다.

《판타스틱 걸》의 원제는 '오예슬 vs 오예슬'이었는데, 임팩트가 없다는 의견이 많아 담당 편집자와 내가 각각 50개씩 제목을 만들어 내기도 했다. 세상 모든 책의 제목은 고심에 고심 끝에 나온다. 독자에게 제일 먼저 보이는 건 책의 제목이기 때문이다. 독자로서의 나도 책 제목을 보고 책을 고를 때가 많다.

우리는 왜 중학생 노릇을 해야 하는 걸까

제목만 보고 무척 읽고 싶었던 책이 있다. 쿠로노 신이치의 《어쩌다 중학생 같은 걸 하고 있을까》가 그 가운데 한 권이다.

이 책은 지금도 인기가 있지만, 출간 직후 꽤 많이 팔린 것으로 알고 있는데 아마 제목 때문이지 않을까 나 혼자 추측 중이다. 일본어 원제대로 '어떻게라도 하고 싶어! 중학교에 다니는 스미레(DONIKA SHITAI!- SUMIRE in Junior high school)' 같은 제목이었다면, 별로 읽고 싶지 않았을 거다. 그리고 이 책의 제목은 '어쩌다 중학생 같은 걸 하고 있을까'가 훨씬 잘 맞는다. 스미레는, 나는, 그리고 우리들은 왜 중학생을 하고 있거나 했어야 했던 걸까. 그 쉽지 않은 걸 말이다. 그 어려운 걸 말이다.

이야기는 열아홉 살이 된 스미레가 중학생 때 녹음한 걸 들으면서 회상하는 내용이다. 대단한 사건이 벌어지진 않지만 너무나 현실적인 소소한 어려움들(소소하다 말해서 미안하지만, 정말로 소소하다. 그렇다고 별거 아니라는 말은 절대 아니다) 때문에, 내가 십대 시절 겪었던 일과 별반 다르지 않아 읽으면서 가슴이 답답했다. 스미레에게 초등학교와 중학교는 한마디로 천지 차이다. 다 같이 초등학교를 다녔던 아이들이 그대로 중학생이 된 것뿐인데, 왜 그렇게 어려운 걸까.

중학교 2학년이 된 스미레는 학교에 가는 게 너무나 싫다. 자기들 편하라고 중학교라는 공간을 만들어 낸 어른들도 싫고, 학교라는 공간도 싫다. 왜 비슷한 나이라는 이유 하나만으로 아이들을 같은 장소에 몰아넣고 격리하는 건지, 모두 완전히 다른 인간들인데 어째서 똑같은 일을 시키는 건지 이해할 수가 없다. 하지만 그렇다고 중학교를 다니지 않을 수는 없다.

어찌어찌 마음에도 맞지 않은 친구 한 명으로 중학교 1학년을 버틴 스미레는 2학년 때는 제대로 된 친구를 사귀어야겠다고 다짐한다. 이상한 종교에 빠진 아이들 그룹에 들어갔다가 도저히 맞지 않아 뛰쳐나오고, 잘나가는 일진인 아오이네 그룹에 끼려고 노력한다. 스미레는 아오이 그룹에 어울리기 위해 화장도 하고, 교복 치마도 줄여 입는다. 그런데 이 아이들, 조금 이상하다. 나이 많은 남자들을 만나 선물을 얻어 내기도 하고, 술과 담배는 기본이다. 스미레는 전혀 내키지 않지만, 아오이 그룹에서 벗어나면 안 될 것 같아 따라한다. 또 아오이 그룹은 화장품 가게에 가서 아무렇지도 않게 화장품을 훔친다. 돈이 없어서가 아니다. 그냥 재미로 그러는 거다. 아오이 그룹은 조금의 죄책감도 느끼지 않는다.

스미레는 고민에 빠진다. 화장품을 훔치는 게 범죄라는 걸 알지만, 하지 말자고 말하면 친구들을 잃게 될 것이다. 어쩌면 아오이 그룹의 아이들도 스미레와 비슷한 고민을 했을지 모른다. 자잘한 범죄를 저지르는 것보다 친구 없이 지내는 것이 더 최악이라고 여기기에 한쪽 눈을 감은 채 계속 화장품을 훔치고 있는 중인지도.

결국 스미레는 아오이 그룹에서 나오게 되고 철저히 왕따가 된다. 정말로 스미레는 학교에서 밀려나지 않게 발버둥 치며 열심히 노력했다. 하지만 부모님은 스미레에게 무슨 생각을 하는지 모르겠다며 혼내고, 그러다가 역시나 부부 싸움으로 번지고, 스미레는 자기 성격으로는 도저히 진입할 수 없을 것 같은 중학생 사회를 만들어 놓은 세상을 저주한다.

누가 중 2병을 만드는가?

중 2병이라는 말이 처음 나왔을 때, 나는 이 말이 너무나 싫었다. 어른들 입장에서 나름 사춘기인 중학생들을 이해하기 위해 차라리 '병'이라고 인정하여 십 대들을 받아들이려고 한 의도가 있다는 걸 알지만, 그렇게까지 병자 취급을 해야 하는 건지 불만이다. 어쩌면 당사자인 중학생들보다 내가 더 기분 나빠하고 있는지도 모른다. 중학생들이 아무렇지도 않게 "저희 중 2병이라서 그래요." 하고 말하는 걸 자주 들었다.

내가 중 2병을 불쾌하게 여기는 건, 이십 대를 보내면서 내내 들었던 '아픈 청춘'이란 말 때문이다. 십 대 시절, 나는 청춘을 꿈꾸었다. 내가 이십 대가 되면 내 청춘은 반짝반짝 빛이 날 거야, 라는 기대가 있었다. 하지만 이십 대를 보내는 내내 제일 많이 들었던 건 "너희들은 아픈 청춘이다, 지질한 청춘이다, 못난 청춘이다."였다. 마침 내가 이십 대 한중간에 서 있을 때 《아프니까 청춘이다》라는 책이 순식간에 베스트셀러가 되면서, 우리 세대는 빼도 박도 못하게 '아픈 청춘'이 되어 버렸다. 왜 정상인 젊은이들을 아픈 병자 취급을 했는지 억울했다. 그러다 보면 아프지 않은 청춘마저 '아, 우리 세대는 아픈 거여야 하는데. 그럼 나도 아파야겠다.'며 만들어진 환자가 될 수 있다.

중 2병도 마찬가지라고 여겼다. 나름 문제없이 잘 지내다가도 중 2만 되면 왠지 중 2병 증상을 보여야 한다는 강박관념에 시달려 억지로 중 2병을 겪어야 할지도 모른다. 그래서 어른들이

"너희들 중 2병이야."라고 말하면, "맞아요."라고 헤헤 웃으며 넘기지 않기를 바랐다. 우리가 뭘요? 라고 따져 물으며, 병에 걸린 사람 취급 마세요, 라고 말하는 게 더 건강하다. 하지만 멀쩡하지 않은 환경에서 멀쩡하게 있어 주길 바라는 건 철모르는 어른의 욕심이다.

집단이라서, 집단이니까

종종 뉴스에서 십 대들의 범죄를 보게 된다. 집단 성폭행 사건처럼 경악할 만한 일도 가끔 있고, 집단 폭행이나 왕따 사건은 심심치 않게 보도가 된다. 얼마 전에는 초, 중학교에서 일어난 집단 사건이 두 가지 있었다.

첫 번째는 모 사립 초등학교 수련회에서 벌어진 폭행 사건이다. 초등학교 3학년 아이들이 한 아이를 이불로 덮은 후 야구방망이로 때리고, 바나나 맛 로션을 억지로 먹였다. 왕따, 폭행 사건의 연령은 점점 낮아지는 듯하다. 중학생들 사이에서나 벌어질 만한 일들이 이젠 초등학교 교실에서도 왕왕 일어난다.

두 번째 사건은 한 중학교 1학년 교실에서 벌어진 집단 자위

사건이다. 여자 선생님 수업 시간에 9명의 아이들이 집단으로 자위행위를 했다는 것이다. 남고에서 날라리 남학생들이 수업 시간에 그런 짓을 한다는 이야기를 대학생 때 남자 동기들에게 들은 적이 있지만(그때는 거짓말인 줄 알았다), 그런 행동을 중학생들이 집단적으로 했다고 하니 너무나 기가 막혔다. 가해 학생들이 제정신이 아니구나, 그보다 먼저 든 생각은 그나마 멀쩡하게 가담하지 않은 나머지 아이들이 기특하다는 거였다.

십 대들은 집단 범죄에 취약하다. 아직 정신적으로 완전히 성숙하지 않은 나이라서 그렇기도 하지만, 십 대들은 대부분 집단 속에서 생활하고 그 영향을 많이 받기 때문이다. 한 교실 안에 적게는 25명, 많게는 35명의 아이들이 모여 있다. 교실 안은 정글과 비슷하다. 아이들은 각각 그룹을 만든다.

스미레도 어울려 노는 아이들을 친구가 아닌 그룹이라고 표현한다. 친구보다는 그룹이라는 단어가 결속력이 더 좋아 보이기 때문이라고 말했지만, 학창 시절의 아이들의 모습은 친구를 맺기보다 그룹으로 묶여 움직이는 특성을 보인다.

아이들 위에서 군림하는 맹수 그룹이 있고, 평범하게 튀지 않는 초식 동물 그룹도 있고, 영역 동물 카멜레온처럼 나 홀로 고독하게 지내는 1인 그룹도 있다. 맹수 그룹에는 반 분위기를 주도하고 아이들을 겁먹게 하는 아이가 있다. 리더의 역할을 하는 그 아이와 그 아이가 속해 있는 집단이 하자는 일을 반 아이들 대부분이 따라할 수밖에 없다. "난 싫은데."라는 말 한마디는 왕따 자동 예약이니까. "쟤 좀 재수 없지 않냐? 우리 쟤랑 놀지 말자."라는 말을 들으면서 "그건 나쁜 행동이잖아."라고 당당하게 말할 수 있는 아이들은 많지 않다. 이건 십 대들만의 문제가 아니다.

어른들도 자신이 속한 집단에서 잘못된 일이 자행되고 있음에도 말하지 못할 때가 많다. 자신이 속한 회사의 비리에 눈 감거나 같이 행하는 어른들이 많다. 그나마 어른들이 아이들보다 집단행동에서 자유로울 수 있는 건, 십 대들처럼 고정된 교실 안에서 지내고 있지 않기 때문이다. 의무적으로 한 부서, 한 회사에 있는 것도 아니기에 소속감이 높지 않다.

하지만 아이들은 짧게는 1년, 길게는 3년을 집단 안에서 생활해야 한다. 초, 중, 고를 같이 다녀야 할 상황이면 그 이상이 될 수도 있다. 그렇기에 옳지 않다는 걸 알면서도 "아니. 난 못 해."

라고 말하는 게 쉽지 않다.

하지만 스미레는 했다. 아오이 그룹에서 나왔다. 스미레가 중학생 시절을 회상하며 끔찍했다고 말할 수 있는 건, 지금은 벗어났기 때문이다. 만약 아오이 그룹에서 나오지 못하고 여전히 아오이와 비슷한 아이들과 어울리고 있다면 끔찍함은 현재 진행형이기에 회상할 수조차 없었을 거다.

대학생이 된 스미레의 회상조 이야기이기에, 반 아이들의 후일담을 읽는 재미도 쏠쏠하다. 중학생 때와 비교해 달라진 아이도 있고, 그대로 멈춘 아이도 있다.

범죄와 다를 것 없는 행동을 저지르는 아이들이 있다. 같은 반 아이에게 아무렇지 않게 폭력을 행하고, 물건을 훔치고, 주목받고 싶은 마음에 자극적인 사진과 영상을 찍는 아이들도 있다. 친구가 하니까 재밌다고 같이 하는 아이들이 많다. 친구들이 다 하는 걸 나만 안 하는 건 쉽지 않겠지만, 그 행동을 한 건 친구만이 아니라 '너도 같이'라는 걸 왜 모를까(친구가 경찰서에 가게 된다면, 너도 같이 가게 된단다)?

부디 멀쩡하게 버텨 주길

이제 나는 그 힘든 십 대의 터널을 벗어났지만, 내 아이는 자라서 십 대가 될 것이다. 내 아이가 억울한 피해자가 될까 봐 걱정도 되지만, 한편으로 친구들에게 휩쓸려 생각 없는 가해자가 될까 더 걱정이 된다. 그때 나는 "애들끼리 놀다 보면 그럴 수도 있죠." 같은 말을 하는 어른만은 되지 않았으면 좋겠다. 십 대는 가치관과 생각 체계를 만들어 가는 시기다. 그런 아이들에게 가해자의 잘못을 제대로 짚어 주지 않고 넘어가는 건 틀린 가치관을 심어 주는 일이다.

《어쩌다 중학생 같은 걸 하고 있을까》 못지않게 제목이 많은 일을 한 소설이 있다. 동명의 연극을 소설화한 《니 부모 얼굴이 보고 싶다》라는 작품이다. 이 소설에서는 왕따 가해자의 부모들이 모여 자기 자식을 옹호하는 모습을 보여 준다. 한 아이를 죽음으로 몰고 갔으면서 다섯 명의 가해자 부모들은 뻔뻔하고 가증스럽게 우리 아이는 잘못이 없다고 한다.

"장난이었어요.", "친구들끼리 놀다 그런 건데요, 뭘."이라는 대사는 가해자의 것이 아니다. 가해자는 절대 그 말을 해서는 안 된다. 그 말은 피해자에게만 허락된다. 아이들을 멀쩡하지 않게 만드는 데는 어른의 잘못도 크다. 잘못한 것을 잘못했다고 제대로 말해 주는 부모와 어른이 많아졌으면 좋겠다. 사실 그건 너무나 당연한 일인데.

멀쩡하지 않은 사회가, 멀쩡하지 않은 어른들이 멀쩡하지 않은 아이들을 만들어 낸다. 이런 멀쩡하지 않은 세상에서 멀쩡하게 살아가는 게 얼마나 어려운 일인지 알고 있다. 그러니 조금만 더 버텨 주라. 그래서 너희는 부디 멀쩡한 어른이 되어 주라.

세 번째 이야기

못생긴 나,
예뻐질 수 있을까요?

: 미카엘 올리비에의 소설
《뚱보, 내 인생》

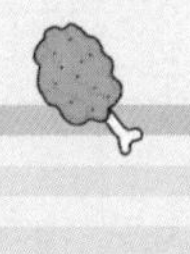

• • •

"아, 살 빼야 하는데."

아마 이 말은 내가 살아오면서 들은 사람들의 혼잣말(보다는 혼잣말을 가장한 토로) 중 다섯 손가락 안에 꼽히지 않을까 싶다. 맛있게 음식을 다 먹고 나서, 텔레비전에서 예쁜 연예인이 나올 때, 여름이 다가왔을 때, 뜬금없이 아무 때나 많은 여자들이 이 말을 한다.

여자라고 말을 하는 건, 성차별적 발언이라기보다, 내 주변에 너무나 여자들이 많아서다.

나는 여초 사회에서 살아왔다. 딸 셋에 아들 하나의 형제 속에서 자랐고, 여중, 여고를 나와 대학은 비록 남녀 공학을 갔지만 국문과라 그런지 여자가 많았고, 작가로 살면서 만나게 되는 동료 작가, 편집자도 대부분 여자다! 핸드폰 연락처 목록도 여자가 많다.

오죽하면 내가 결혼도 하기 전부터 막연히 아들을 원했던 이유가 내 인생에 남자 비율이 너무 적은 것 같아서였다. 성비율이 한쪽으로 치우쳐 있으니, 조금이라도 균형을 맞추려면 딸보다 아들을 낳아야 하지 않을까.

이런 이야길 하면 다들 내게 헛소리하지 말라고 했지만 나로서는 나름 말이 되는 생각이었다.

어쨌거나, 나는 살면서 여자들의 살 빼야 한다는 말을 아주 많이 들었다. 물론 나도 한때 이 말을 습관처럼 했다. 여자는 평생 다이어트를 한다는 말이 있던데, 그러면 나는 죽을 때까지 이 말을 주변 사람들에게 들어야겠구나 싶다.

또한 길을 걷다가 가장 많이 받게 되는 전단지는 헬스클럽, 필라테스, 요가 강습소다. 건물마다 필라테스나 요가 강습소가 하나씩 꼭 있다. 인도에 가 보지 않아서 모르겠지만, 인도에도 이렇게 요가를 배우는 곳이 많을까 싶다. 자기 건강 자기가 챙기겠다고 하는데 왜 삐딱하게 보느냐고 할지도 모르지만, 나는 그 기관들이 건강보다는 '몸매'를 위한 곳으로 보인다. 한의원에서 하는 '다이어트 한약' 광고도 심심치 않게 보이고, 실제로 그걸 먹고 있는 주변 사람도 많다.

왜 그렇게 살 빼지 못해 안달인 사람들이 많은지, 아니, 어쩌면 충분히 살 빼지 않아도 괜찮은 사람들까지 살을 빼게 만드는 검은 손이 있는 게 아닌지 의심스럽다.

뚱뚱하게 살아간다는 것

《뚱보, 내 인생》의 벵자멩은 미식가다. 단순히 먹는 걸 좋아하는 게 아니라, 맛있는 음식을 좋아한다. 엄마보다 훨씬 요리를 잘하고, 나중에 멋진 성을 사서 레스토랑으로 운영하겠다는 꿈도 가지고 있다. 벵자멩은 뚱뚱하지만 자신의 몸매에 대한 불만이 크게 없다. 하지만 학교 신체검사에서 키 167센티미터에 90킬로그램 가까운 몸무게로 인해 비만 2단계 판정을 받고, 건강에 위험이 있다는 경고를 받아 억지로 다이어트를 하게 된다. 다이어트를 해 본 사람은 알겠지만, 벵자멩의 다이어트 과정 역시 결코 쉽지 않다. 게다가 자발적으로 시작한 다이어트가 아니라 더 그렇다. 벵자멩은 다이어트 일지에 적지 않고 몰래 음식을 먹기도 하고, 좋아하는 여자아이 클레르로부터 친구로 지내자는 편지를 받고 폭식증에 걸리기도 한다.

물론 다이어트를 하기 전에 벵자멩이 자신의 몸매에 대한 걱정이 전혀 없었던 건 아니다. 벵자멩은 일부러 키가 아주 크고 마른 에릭과 친구가 되어 같이 다닌다. 뚱뚱한 자신보다 키가 지나치게 큰 에릭이 사람들의 시선을 더 많이 끌 거라는 계산 때문이다. 하지만 에릭은 딱해 보이는 아이는 아니다. 그저 굉

장히 마른 아이일 뿐이다. 반면에 벵자멩은 '의지가 없는 아이, 되는 대로 사는 아이, 하루 종일 먹기만 하는 아이'로 남들로부터 부정적인 시선을 받는다. 벵자멩은 자신처럼 뚱뚱한 삼촌을 보면서 자신의 미래가 밝지 않겠다는 생각을 한다.

삼촌 부부는 서로 사이도 좋고, 둘 다 좋은 사람이다. 벵자멩은 둘을 좋아한다. 하지만 삼촌처럼 되고 싶다는 생각은 하지 않는다. 삼촌은 뚱뚱한 남자, 뚱뚱한 여자는 아무도 좋아하지 않는다고, 그래서 저절로 남게 된 서로가 만나게 된다고 벵자멩에게 말한다. 삼촌은 뚱뚱하다는 이유만으로 은행 대출 심사에서 거절당한다.

소설을 읽다가 몇몇 부분에서 멈칫했다. 벵자멩이 아무렇지도 않은 듯 뚱뚱한 사람들에 관한 편견을 이야기하는 대목에서, 뚱뚱한 십 대를 보내 온 내 경험담과 비슷한 게 아주 많았기 때문이다.

다이어트, 이젠 안 해요

나는 항상 뚱뚱한 아이였다. 벵자멩처럼 맛있는 음식을 먹

살

는 걸 좋아했기 때문이다. 그럼에도 불구하고 항상 살을 빼야 한다는 강박관념이 있어서 남들 하는 다이어트 방법은 한 번씩 다 따라 해 봤고, 살 때문에 콤플렉스도 심했다. 나의 십 대와 이십 대는 다이어트 고민이 항상 따라다녔다. 지금은? 다이어트 고민은 거의 안 한다. 십 대 시절보다 살이 빠졌고, 이십 대 때보다는 살이 쪘지만 중요한 건 몸무게 숫자가 아니다. 나는 다이어트 고민도 안 하고, 다이어트도 안 하고 있다. 다이어트의 필요성을 느끼지 못하기 때문이다.

다이어트를 하는 가장 큰 이유는 예뻐 보이고 싶어서다. 하지만 사람들은 정작 다른 사람의 외모에 대해 크게 관심을 갖지 않는다. 몸매가 좋은 사람을 보면, 순간 "오오, 멋지다." 하는 생각을 하긴 하지만, 사람들의 몸무게가 얼마나 나갈지 짐작하지 않는다. 내가 다이어트를 하지 않는 건 적당히 내 몸매에 만족하기 때문이다. 비록 내 몸무게는 평균치보다 높고, 여전히 여자들의 모임에 가면 어딜 가나 나는 제일 몸무게가 많이 나가는 축에 속하고, 평균 체중인 남편보다 몸무게가 더 많이 나가지만, 다이어트를 해야겠다는 생각은 안 한다. 나는 그냥 좀 통통한 편이고, 다른 여자들이 말랐고, 남편은 살이 덜 찌는 체질이라 나와 다르기 때문이다. 설사 그게 사실이 아니더라도, 내가 그렇게 믿으면 그게 맞다.

건강을 위협할 정도로 몸무게가 많이 나간다면, 살을 조금 빼는 게 좋다고 생각한다. 하지만 적당한 과체중은 건강을 크게 위협하지 않는다. 그럼에도 불구하고 표준체중인 사람들조차 스스로 살을 빼야 한다고 생각한다.

중, 고등학교에 강연을 가서 내 책 《다이어트 학교》를 재미있게 보았다는 여자아이들을 많이 봤다. 자기도 다이어트를 해야 해서 공감이 많이 갔다고 말하는 여자아이들은 내가 보기에 조금도 뚱뚱하지 않았다. "네가 뺄 살이 어디 있니?"라고 물으면, 아이들은 까르르 웃으면서 "아니에요. 숨겨진 살들이 얼마나 많은데요."라고 대답한다. 숨길 수 있는 살을 살로 보다니, 관점이 나와는 너무나 다르다.

한 번은 강연이 끝나고 질의응답 시간이었는데, 《다이어트 학교》에 관해 계속 질문하는 여학생이 있었다. 보통 질문을 많이 해 봐야 2, 3개인데, 그 아이는 혼자 5개 정도 질문을 했다. 《다이어트 학교》를 쓴 의도가 무엇이며 실제 경험이었는지, 지금도 다이어트를 하는지, 앞으로 다이어트 책을 또 쓰지 않을 건지 온통 《다이어트 학교》에 대해서만 물었다.

행사가 모두 끝난 후 궁금한 마음에 그 아이를 살짝 불러 왜 그렇게 그 질문을 많이 했느냐고 물었다. 아이는 사실 자기가 거식증으로 치료를 받는 중이라며, 다이어트를 심하게 하는 바람에 그렇게 되었다고 했다. 그 아이는 조금도 뚱뚱하지 않았다. 내 기준에서가 아니라, 아마 평균 체중이거나 그에 못 미치는 몸무게였을 거다. 안타까운 내 마음이 표정에서 드러났는지, 아이는 밝은 얼굴로 "걱정 마세요. 치료 잘 받을 거예요. 그리고 저도 작가님처럼 다이어트 안 할 거예요."라는 말을 하고는 인사를 하고 갔다.

몸을 건강하게 만들어 준다는 다이어트가 오히려 마음의 건강을 해치고 있는 건 아닐까. '미식가' 벵자멩은 건강 검진 이후로 '비만 2등급'의 벵자멩이 된다. 벵자멩의 하루는 다이어트 중심이다. 억지로 다이어트를 하게 된 벵자멩은 실연의 상처를 몸을 공격하는 방식으로 푼다. 아무거나 먹지 않았던 벵자멩은 닥치는 대로 음식을 먹으면서 몸을 혹사시킨다. 다이어트와 실연이 섞이면서 결국 폭식증으로 10킬로그램이 늘어나 버린다.

타인을 위한 예쁨

가수 헨리가 예능 '라디오 스타'에 나와서 그런 말을 했다. 자기는 성형외과 광고가 즐비한 한국이 너무나 이해가 안 가고 이상하다고. 다른 나라만 하더라도, 성형외과 광고를 숨어서 한다고 했다. 생각해 보니, 외국에 나가 성형외과 광고를 본 적이 거의 없다. 하지만 우리나라에서는 성형외과 광고를 지겹도록 많이 볼 수 있다. 지하철과 버스 광고판의 대부분은 성형외과가 차지하고 있다. 또한 언젠가부터 연예인들이 방송에 나와서 성형 사실을 밝히고 있다. 성형이 숨겨야 할 사안은 아니지만, 10년 전만 하더라도 연예인들은 성형을 해도 하지 않았다고 했다. 10년 동안 어떤 변화가 있었던 걸까? 성형을 권하는 사회, 성형을 하지 않으면 오히려 이상한 사회가 된 건 아닐까?

왜 살을 빼고, 성형을 하는 걸까? 정답은 예뻐지기 위해서다. 그런데 예쁘다는 기준은 도대체 누구에게 있을까? 자기만족이라고 말하지만, 결국엔 남들에게 예뻐 보이기 위해서다.

연예인들의 날씬한 몸매, 예쁜 얼굴을 부러워하는 사람들이 많다. 하지만 냉정하게 말해 그들은 날씬하고, 예뻐야만 하는 게 직업인 사람들이다. 왜 일반인들이 연예인처럼 날씬하고 예

빠져야 하는가?

우리나라만큼 타인의 시선을 의식하고, 신경 쓰는 사람들이 없는 것 같다. 이건 타인을 존중하는 것과 별개의 일이다. 안타깝게도 타인을 의식하는 게 순전히 내 겉모습이 어떤가 걱정하는 수준에 머물러 있다. 다른 사람을 의식하는 게 그들을 배려해서가 절대 아니다. '내가 이런 행동을 했을 때 남들이 불편하지 않을까?' 하는 생각은 별로 안 하면서, '내가 남들에게 예쁘게 보일까?'에만 신경 쓴다.

타인을 의식하는 이유가 타인에 대한 존중이었으면 좋겠다. 남들을 신경 쓰지 않고 기본적인 예절을 지키지 않는 사람들을 자주 본다. 공공장소에서 큰 소리로 전화 통화를 하는 사람들을 보면 화가 난다. 길거리에서 담배를 피우며 걸어가는 사람들도 싫다.

팟캐스트를 듣다가 꽤 놀란 적이 있다. 사소한 고민을 상담해 주는 프로그램인데, 중국집을 운영하는 사장님이 사연을 보냈다. 자신이 직접 배달을 하는데, 단골손님 중에 매번 다 먹은 그릇에 담배꽁초를 한가득 버리는 사람이 있다는 거였다. 단골이라 그러지 말라는 말을 차마 못하겠는데 어쩌면 좋겠냐고 상담을 청했다. MC들과 전화 통화가 연결되었는데, 사장님은 쓰레기를 함께 버리는 경우가 많다고 이야기했다. 기저귀를 함께 버리는 손님도 있다는 말에 듣다가 경악을 했다. 어쩌면 너무나 기본적이고 당연한 걸 배우지 못한 사람들이 많을지도 모른다는 생각이 들었다. 타인의 시선을 의식하고 신경 써야 할 부분은 따로 있다.

예쁜 게 그리 중요해?

중, 고등학교 강연을 다니면서 다이어트를 아예 그만뒀다. 아이들은 내게 "작가님, 예뻐요."라는 말을 한다. 그 말을 들으면 그냥 내 기분 좋으라고 하는 말이겠지, 싶다가도 정말 내가 예쁜가? 궁금하기도 했다. 나는 별로 예쁜 얼굴과 몸매를 가지고 있지 않기 때문이다. 그러다가 아이들이 그냥 의미 없이 하는 말이라는 걸 깨닫게 됐다. 나와 함께 간 도서관 남자 직원 분이 계셨는데, 그냥 평범한 아저씨였던 그분에게도 아이들은 "잘생겼어요!"라고 말했다. 그제야 난 알았다. 아, 예쁘다는 게 그냥 하는 말이구나, 라는 걸.

하지만 아이들이 진심으로 그 말을 한다는 걸 느낄 때가 있다. 강연이 끝나고 나서 슬그머니 다가와 그 말을 하는 아이들이 있다. 내 외모가 예쁘다는 게 아니라, 오늘 내가 한 말이 예쁘다는 뜻이다. 아마 내가 한 말 중에 그 아이가 듣고 싶었던 말이 있었을 거다. 내가 들었던 최고의 칭찬은 "작가님한테 반짝반짝 빛이 나요."다. 그 말을 들었을 때, 정말로 기분이 좋았다. 어쩌면 나도 예쁜 사람일 수도 있겠구나. 아니, 나는 예쁜 사람인지도 모른다.

예쁜 게 뭐가 중요하느냐고 말하고 다녔던 나는 예쁘다는 걸 '외모'에만 한정지었다. 말이, 행동이, 태도가 예쁠 수도 있는데 말이다.

그래도 별로 예뻐지고 싶지는 않다. 결국 예쁘다는 건 타인에게 평가될 때 더 많이 쓰이는 말이니까. 예쁘지 않아도 된다. 나는 사람들이 나쁘지만 않았으면 좋겠다. 타인을 위해 기본적인 예의를 지키는, 평범한 상식을 가진 사람이 먼저 되길 바라는 건 너무 소박한 바람일까. 아니면 너무 과한 기대일까.

이런 나라에서 어떻게 살아가야 해요?

: 가네시로 카즈키의 소설 《Go》

• • •

학창 시절, 애국가를 참 많이도 불렀다. 요즘도 그러는지 모르겠지만, 내가 초중고를 다닐 때에는 야외 조회 문화가 있었다. 매주 월요일이면 전교생이 운동장에 모여 애국가를 부르고, 국기에 대한 경례를 했다. 애국가의 가사나 문장의 의미를 깊이 생각해 본 적은 없다. 그냥 줄줄 외웠을 뿐이다. 선생님들도 따로 가르쳐 주지 않았다. 아마 선생님들도 학생일 때 그냥 외우라고 배우지 않았을까 싶다.

대한민국에서 태어나 대한민국의 국적을 가지고 있지만, 그 정체성을 깨닫는 건 올림픽이나 월드컵 경기가 있을 때다. 붉은 티셔츠를 입고 "대한민국!"을 외치면 누구보다 뜨거운 마음이 된다. 하지만 월드컵이 끝나면 언제 그랬냐는 듯 잊는다. 내가 속해 있는 집단의 정체성이 중요해지는 건 타 집단과 경쟁이 있을 때다. 우리나라가 아닌 '다른' 나라와 경기할 때, 그제야 대한민국에 살고 있다는 걸 깨닫는다.

나라에 비판의 목소리를 낼 때도 외치곤 한다. 나라가 제대로 돌아가지 않은 까닭에 '헬조선'이란 신조어가 생겨나기도 했고(이런 나라에서 어떻게 살아가야 하냐고 묻는 십대들을 꽤 여럿 만났다), 이민에 관심을 갖는 사람도 많았다. 호주 이민을 준비하는 20대 여성의 이야기를 다룬 소설《한국이 싫어서》가 큰 인기를 얻었다. 나도 제목만 보고 흥미가 생겨 곧바로 그 책을 읽었다.

이민 등의 방법으로 국적을 바꾸는 일이 가능하지만, 대부분의 사람들은 태어났을 때의 국적을 그대로 유지한 채 살아간다. 그런데 태어날 때 부여받은 국적은 내가 선택한 게 아니다.

너는 어느 나라 사람이니?

《GO》의 스기하라는 '일본에서 태어난', 조선에는 한 번도 가 보지 못한 재일 한국인이다. 스기하라의 아버지는 일제 강점기 때 제주도에서 태어나 군수공장에 징용된 부모를 따라 일본으로 이주했는데, 조선이 해방된 후 더 이상 '볼일이 없어졌으니 돌아가라'는 통보를 받는다. 하지만 조선 반도는 소련과 미국의 알력에 의해 두 나라로 갈라져 있었고, 아버지는 그나마 친마르크스적일 거라 여겨지는 북조선을 택한다. 아버지의 선택에 의해 스기하라는 재일 조선인(첫 번째 국적)이 되어 재일 조선인들이 다니는 학교에 다닌다. 스기하라는 '알고 보니' 일본인이 아니라, 조선 국적을 지닌 부모 사이에서 태어난 재일 조선인이었을 뿐이다. 그런데 스기하라가 중학생일 때, 아버지는 하와이에 가기 위해 국적을 한국으로 변경한다. 북조선과 미국은 수교를 맺고 있지 않아, 북조선의 여권으로는 하와이에 가지 못하기 때문이다. 그렇게 스기하라는 아버지에 의해 두 번째 국적(한국)을 갖게 되었다. 이렇게 국적이 쉽게 바뀌다니? 스기하라는 고등학교는 일본인이 다니는 곳으로 가겠다고 부모에게 통보한다(스기하라의 사정을 좀 더 쉽게 이해하려면, 격투기 선수 추성훈의 경우를 떠올리면 된다. 추성훈은 일본에서 태어난 재일 한국인으로 한국 유도 국가대표 선수로 활약했지만, 여러 가지 문제로 인해 일본으로 귀화했다).

주인공 스기하라는 이것은 자신의 연애담일 뿐이라고 누누이 강조한다. 정말로 스기하라의 연애 이야기가 맞기도 하지만, 스기하라의 삶에서 국적은 배제할 수 있는 게 아니다. 스기하라는 언제 어디서나 당당하지만, 여자친구에게는 자신이 재일 조선인이라는 사실을 쉽게 이야기하지 못한다. 스기하라의 친구들과 주변 사람들을 통해 일본에서 살아가고 있는 재일 조선인의 이야기가 지속적으로 나온다. 스기하라의 친구 정일은 한

복 저고리를 입고 있는 재일 조선인 여학생을 도와주려다가 칼에 찔려 사망하고, 스기하라는 여자친구 사쿠라이와 첫 섹스를 하기 직전 재일 한국인이라고 고백하여 거절당한다. 일본에서 태어나 일본에서 자랐고 일본 말로 얘기하는 스기하라의 친구들은, 스기하라와 마찬가지로 '본의 아니게' 조선 국적을 갖고 있는 '외국인'이다. 당시 재일 외국인은 열여섯이 되면 구청의 외국인 등록과에 가서 범죄자처럼 지문을 날인해야 했다.

스기하라는 일본에서 태어나 자랐지만, 일본인이 아니다. 한국에 오면 어떨까? 재일 한국인의 국적이기에 좀 더 다를까? 하지만 한국말을 제대로 하지 못하고, 한국에서 살지 않은 스기하라를 한국인으로 여길까? 스기하라의 아버지가 재일 조선에서 재일 한국으로 국적을 변경한 건 사실 하와이에 가기 위해서가 아니다. 이제까지 친하게 지내 온 사람들에게 배신자 소리를 들으면서까지 국적 변경을 감행한 건 아들 스기하라를 위해서다. 재일 한국인도 마찬가지지만 아들이 재일 조선인으로 살아간다면 더욱 제약이 많기 때문이다. 아버지는 그 족쇄를 조금이나마 풀어 주고 싶었다.

스기하라는 자신을 찾아와 재일 한국인을 위한 젊은이의 모임을 만들자는 동급생의 제안에, 아버지에게 배운 대사인 '나는 조선 사람도, 일본 사람도 아닌, 떠다니는 일개 부초이다(No Soy coreano, ni soy japonés, yo soy desarraigado)'를 선언하듯 말한다. 스기하라는 국경 따위 없애 버리겠다고 말하지만, 앞으로도 계속 국적에 대한 정체성을 질문 받고 질문해야만 할 거다.

수많은 스기하라들

독일에서 잠시 머무를 때 알게 된 알렉스라는 여대생이 있다. 내 독일 생활을 도와주는 대학생 조교였는데, 한국인 어머니와 독일인 아버지 사이에서 태어난 혼혈아다. 알렉스는 한국말을 하긴 했지만 능숙하게 하는 편은 아니었다. 대학을 졸업한 후, 알렉스는 한국과 독일의 가교 역할을 하는 일을 하고 싶다며 한국으로 왔다. 왜 그 일을 하고 싶으냐는 물음에, 알렉스는 자신의 정체성에 대한 고민 때문이라고 했다. 자신과 같은 고민을 하는 어린아이들을 돕고 싶다고 했다. 알렉스는 십 대 시절 학교를 다니며 많이 힘들었다. 알렉스가 사는 지역은 외국인들이 많지 않았기에, 어딜 가나 자신은 이방인 취급을 받았다. 특히 나이 든 할아버지들이 자신을 보는 시선이 싫었다. 알렉스는 독일에서 태어나 독일 국적을 가진, 독일 학교를 다닌 사람이지만 "너는 독일인이 아니다."라는 이야길 들었다고 했다. 알렉스는 아주 천천히 또박또박 "정말정말 힘들었어요."라고 말했다(한국에서 지낼 때 역시 자신을 한국 사람으로 봐 주는 사람은 아무도 없다고 했다).

세상에는 수많은 스기하라들이 있다. 우리 사회에서도 흔히 만날 수 있다. 이주 결혼으로 인해 다문화 가정의 아이들이 늘어나고 있다. 여전히 소수인 그들을 약자, 타자로 대하는 정책이나 시선들이 많다. 차별을 받는 약자 그룹은 더 있다. 성소수자와 장애인, 이주 노동자, 탈북자 등 사회적 소수자들이 많다.

정체성에 대한 질문은 어찌 보면 다수이거나 기득권일 때보다, 소수이고 약자 상태에 놓였을 때 더 많이 하게 된다. 모두가 같은 색깔일 때는 내가 입은 옷의 색이 중요하지 않다. 하지만 내가 입고 있는 옷의 색깔이 다수가 입고 있는 옷과 다를 때는, 고개를 숙여 내 옷을 확인하게 된다. 옷의 색깔이나 모양이 다르다고 배제되는 일이 좀 줄어들었으면 좋겠다. 다른 옷으로 갈아입으면 되는 일도 있지만, 그게 불가능할 때도 있으니까.

더 나은 세상을 위해서

최근 들어 나는 두 가지의 정체성에 대해 생각하고 있다. 첫 번째는 '여성으로서의 삶'이다. 앞에서 말했듯 나는 항상 여자가 많은 집단에서 지냈기 때문에, 오히려 여성이라는 정체성에 대한 고민의 시간이 적기도 했고, '원래 그런 거야'라는 입막음으로 인해 의문을 제기하지 못했다. 수많은 성희롱, 성추행 사건이 최근에 문제가 된 건 예전에는 그런 일이 없었기 때문이 아니라, 이제야 그걸 범죄로 인식하기 때문이다. 여성 공직자의 수를 30퍼센트까지 늘린다는 이야기를 듣고서야, '아, 그러면 이제까지 여자는 30퍼센트가 되지 않았구나.'를 깨닫는다. 단순히 여자가 약자라는 이야기를 하려는 건 아니다. 여자라는 이유로, 한편으로 남자라는 이유만으로 차별을 받거나 불이익을 당하는 경우가 모두 각각 있을 거다.

두 번째는 '아동의 삶'이다. 아동 청소년 문학을 쓰다 보니, 아이들의 삶에 대해 더 관심이 간다. 나이가 어리고 힘이 없다는 이유만으로 어른들에 의해 피해를 입은 아이들이 너무나 많다. 부모라는 이유로, 보호의 명목으로 아이들을 학대하고 괴롭히는 사례들을 뉴스에서 심심치 않게 접한다. 갑자기 아동 학대가 문제가 된 건, 없었던 일이 새로 생겨나서가 아니다. 이제까지 아동 폭력이나 학대가 많았을 테지만, 최근 들어서야 수면 위로 드러났을 뿐이다. 아이를 보호해야 하는 게 어른의 의무인데, 자신의 아이라는 이유만으로 함부로 대하는 일이 얼마나 많은가. 그런 사건들을 볼 때마다 어른으로서 미안함과 무력감에 휩싸인다. 약자를 제대로 보호하지 못하는 사회가 어떻게 제대로 된 사회라고 할 수 있겠는가.

현재 내가 다수, 기득권에 위치해 있기에 그 반대편을 보지 못할 수도 있다. 하지만 언제나 내가 다수 편에 서 있지는 않을 것이다. 그리고 설사 평생 다수나 기득권층에 서 있을 자신이 있더라도, 그걸 당연하다고 여기고 다른 쪽을 살피지 못한다면, 사회는 나아질 수가 없다.

자, 다시 처음으로 돌아가 질문을 던져야겠다. 살기 힘든 나라, 살고 싶지 않은 나라는 어떤 곳인가? 그렇다면 살기 편한 나라, 살고 싶은 나라는 어떤 곳일까? 이 답을 찾아 나가는 것이야말로 대다수의 사람들이 해야 할 의무가 아닐까 싶다. 국적을 바꾸는 건 결코 쉬운 일이 아니다. 이사를 가서 거주지를 바꾸는 일만큼 간단하지 않다. 그렇기에 언제까지 이 나라에서는 못

살겠다고 불만만 토로할 수는 없다.

어려서부터 애국가를 부르고 국기에 대한 경례를 하던 세대라 그런지, 나는 우리나라 정도면 살 만한 나라라고 생각했다. 우리나라보다 경제적 문화적으로 더 발전하고 잘사는 나라도 있긴 하지만, 대한민국이 중간 이상은 하지 않을까 싶었다. 그 믿음이 깨진 건, 2014년이었다. 국가 재난 시스템이 제대로 갖춰지지 않은 것을 확인시켜 준 세월호 사건 자체도 너무나 비극적이었지만, 그 배를 끌어올리기까지 3년이나 걸렸다. 인양에 드는 돈을 이야기하며 반대하는 정치인들과 그들의 의견에 동조하는 사람들이 적지 않았다.

그 이후로 나는 우리나라가 선진국이라는 환상을 버렸다. 하지만 언젠가는 지금보다는 나은 국가가 되길 바라는 마음까지 버리진 않았다. 그 출발점이 약자나 소수에 대한 배려와 정책이 될 거라 믿는다. 모두가 잘 사는 꿈같은 세상은 힘들지라도, 최대한 많은 사람들이 함께 잘 살 수 있는 세상은 가능하다. 고개를 돌려 내가 서 있지 않은 곳을 바라보자. 그들의 목소리에 귀를 기울이자.

우리 한번 해 보자.

02... 울렁울렁 내 마음

사춘기의 혼란스러운 마음과 감정들,
괜찮을까?

자꾸 나쁜 생각이 들어요

: 휘스 카위어의 동화
《엄청나게 시끄러운 폴레케 이야기》

• • •

책을 다 읽고 난 후에야 알았다. 내가 폴레케한테 한 번도 "괜찮니?"라고 묻지 않았다는 걸.

재밌는 책이나 영화를 보게 되면, 나도 모르게 '저 이야기는 실제 존재해.', '이 인물이 어딘가 정말로 있을 거야.' 하는 생각을 하게 된다. 좋은 이야기를 읽고 그런 생각을 안 하는 게 나에겐 더 이상하다. 내가 사랑하는 이야기 속 인물들은 지금도, 저 어딘가에서, 여전히 잘 지내고 있다고 믿는다. 그리고 종종 잘 지내고 있냐는 안부도 묻는다.

열한 살 소녀 폴레케는 내가 아주 좋아하는 인물이다. 폴레케 이야기를 읽고 폴레케를 사랑하지 않는 건 너무나 어려운 일이다. 내가 살면서 주변 사람들에게 정말 재밌다고 나서서 빌려 준 책은 아마 이 책이 유일할 거다. 보통 재밌으니까 한번 읽어 봐, 하고 권유하는 정도에서 끝나니까. 하지만 이토록 사랑스러운 폴레케를 내가 좋아하는 사람들도 함께 알면 좋을 것 같다는 생각이 들었고, 이 책을 직접 손에 쥐어 주면서까지 여러 명에게 권했다. 책을 다 읽고 난 남편이 "어쩌면 할아버지 작가가 이렇게 여자애 마음을 잘 묘사했을까."라고 말해서 나는 버럭 화를 냈다. "이건 할아버지 작가가 만든 이야기가 아니야. 그냥 폴레케 이야기라고!"라며 말이다. 폴레케에 대한 환상을 깨뜨리는 걸 용서할 수 없었다.

내게 인생을 알려 준 폴레케에 대한 이야기

네덜란드에 사는 소녀 폴레케는 인생이 괴롭다. 열한 살에는 마음대로 할 수 있는 게 단 한 가지도 없으니까. 폴레케의 부모님은 이혼했고, 폴레케는 엄마와 둘이 살고 있다. 아빠는 마약 중독자이고, 폴레케에게는 배다른 형제가 셋이나 있다. 그리고 폴레케네 엄마는 폴레케네 담임과 사랑에 빠졌다. 폴레케는 아빠를 시인이라 믿으며, 시를 쓰지 않는 아빠 대신 시를 쓴다.

아빠는 폴레케의 가장 큰 고민거리다. 아빠는 폴레케네 집에 몰래 들어와 저금통을 훔쳐 가고, 세상 끝으로 가겠다고 큰소리친 후 가까운 나라 벨기에에만 잠깐 다녀오고, 할머니가 사 준 새 옷도 입지 않고 바꾼 후(폴레케는 아빠가 그 옷으로 뭘 했는지 알지만 말하지 않는다) 노숙자로 지낸다. 아빠만 문제인 것은 아니다. 폴레케가 사랑하는 남자친구 미문은 더 이상 폴레케와 만날 수 없다고 선언한다. 모로코인인 미문은 나중에 모로코인 여자와 결혼해야 한다며, 결혼을 약속한 여자아이가 있다.

이렇게 쓰고 보니, 폴레케 이야기가 너무나 우울할 것 같지만 읽는 동안 몇 번이나 크게 웃었는지 모른다. 폴레케는 자신의 감정을 솔직하게 드러낸다. 괴롭다, 슬프다, 짜증난다, 밉다. 너무나 화가 나면 확 죽어 버릴까?라는 말도 하고, 미운 사람이 있으면 한 대 콱 쥐어박고 싶다고도 생각한다. 폴레케가 한 말 중에 내가 제일 좋아하는 말은 이거다.

"인생은 가끔 구역질 난다."

이 책을 처음 읽은 건 서른을 목전에 두고 있을 때였다. 그때 나는 등단한 지 얼마 되지 않은 신인 작가로 다음 작품 출간은 불투명한 상태였고, 내가 믿었던 사람들은 내 손을 잡아 주지 않았다. 버스를 타고 다시 지하철을 갈아타고, 또다시 광역버스를 타서 두 시간이 걸려 멀고 먼 학교에 다니던 그때 나는 힘들고, 피곤하고, 어려웠다. 좋게 생각하자, 나쁘게 생각하면 나빠질 수밖에 없잖아, 감사하자, 이 정도면 감사해야지, 하면서 매일 나를 달래고 달랬다.

하지만 짜증이 나고 괴로운 상태를 긍정적인 몇 마디 말과 다짐이 절대 해결해 주지 않았다. 나는 화가 났다. 짜증이 났다. 괴로웠다. 이 마음을 도대체 어떻게 해야만 좋을까 속으로만 삭히던 시기에, 폴레케가 나 대신 해 준 말에 속이 다 시원했다. 실은 인생이 매일 즐거울 수만은 없다. 짜증 나는 일도 많고, 하기 싫은 일을 하거나 못마땅한 상황에 맞닥뜨릴 때도 있다.

나는 열한 살 소녀 폴레케에게 인생을 배웠다. 그렇지, 인생은 사실 가끔(어쩌면 자주) 구역질 나잖아. 나는 조용히 고개를 끄덕였다. 만약 누군가 내게 가장 좋아하는 책 구절을 물어본다면, 나는 조금도 주저하지 않고 이 구절을 말할 것이다.

나쁜 생각을 많이 해서 고민이라는 아이와 그 해결에 대한 이야기

요즘 너무 나쁜 생각을 많이 해요.

나쁜 감정이 자꾸 사라지지 않아요.

나쁜 마음이 드는데 어떻게 하면 좋을까요?

십 대 아이들이 SNS나 메일을 통해 연락을 해 오는 경우가 종종 있는데, 여러 아이들이 내게 한 말들이다. 같은 반 친구와 가족이 미워 죽겠고, 자신이 한심하게 느껴지고 싫어서 고민이라고 했다. 자세하게 나쁜 생각에 대해 털어놓는 아이들도 있고, 그냥 지나가듯 이야기하는 아이들도 많다.

누군가가 미운 마음, 현재에 대한 불안감과 조바심, 이유 없는 걱정과 슬픈 감정 등 나쁜 생각의 종류는 다양하다.

나쁜 생각을 안 하고 살 수 있을까? 나는 아이들에게 나쁜 생각을 하지 말라고 이야기하지 않는다. 나쁜 감정을 억누를 필요는 없다. 그게 억누른다고 억눌러지는 거라면 모르겠지만, 실은 전혀 그럴 수가 없으니까. 화, 짜증, 분노, 괴로움, 미움 등 나쁜 감정이 드는 건 다 이유가 있다.

그 상황을 바꿀 수 있다면, 애초에 나쁜 감정이 생길 이유도 없다. 하지만 상황을 바꾸는 건 쉽지 않다. 그래서 화가 날 수밖에 없다. 그렇다면 어떻게 해야 할까? 마냥 화만 내고 살 수는 없지 않는가.

폴레케는 화가 나면 화를 낸다. 짜증이 나면 짜증도 낸다. 하지만 그 감정들을 행동으로 옮기지 않는다. 화가 난다고 물건을 부순다거나 남을 때리는 일은 하지 않는다. 그냥 생각만 하고, 그런 감정을 느꼈을 때 솔직하게 인정한다. 감정을 골라서 느끼는 일이 바람직하지 않을뿐더러 불가능하다. 좋은 감정만 느끼고, 나쁜 감정은 숨기고 없애는 일은 득도한 사람들이나 할 수 있는 일이다.

한때 나를 힘들게 했던 사람이 있다. 어쩔 수 없이 같은 공간에 머물러야 하는 사람이었는데, 말 한마디 한마디가 나한테는 가시 그 자체였다. 그 사람과 대화를 하고 나면, 온몸에 가시가 박힌 것처럼 아팠다. 나는 그 사람이 미웠고, 밉다 보니 별별 생각이 다 들었다. 나쁜 생각에 휩싸인 것 자체가 또 내게 고민거리가 되었다. 친한 언니에게 이 마음을 이야기했더니, 언니는 내게 그랬다.

"혜정아, 모든 생각은 다 자유래. 그러니까 생각하는 것에 대해서까지 죄책감을 갖지 마."

그 이야기에 마음이 좀 편해졌다. 미운 그 사람보다, 나쁜 생각을 하는 나 때문에 더 힘들었다. 하지만 내가 생각만 할 뿐이지, 직접 그 사람에게 해를 가하는 일은 할 리가 없다. 시간이 지나 그 사람과 같은 공간에 머무르지 않게 되었고, 자연스레 미움과 나쁜 생각은 사라졌다.

내가 폴레케에게 괜찮으냐고 물어보지 않은 건, 폴레케가 괜찮았기 때문이다. 폴레케의 상황은 전혀 괜찮지 않았지만, 폴레케만큼은 누구보다 건강했다. 폴레케는 자신의 감정에 솔직했다. 폴레케는 나쁜 감정과 생각을 숨기지 않고 풀어놓는다.

또 폴레케는 나쁜 생각은 나쁜 생각대로 두고 자신만의 좋은 일들을 많이 찾아 나간다. 기분이 좋지 않을 때 시를 쓰면서 자신의 감정을 정리하고, 새로 태어난 송아지 폴레케를 사랑하고 아낀다. 새아빠가 될 담임이 집에서도 선생님처럼 굴면 콱 때려주고 싶다고 생각하지만, 의외로 자신의 마음을 알아주고 이해해 줄 때 뺨에 뽀뽀하고 싶은 마음이 생긴다. 남자친구 미문에게도 마찬가지다.

폴레케는 좋은 감정과 좋은 생각을 할 수 있는 것들을 많이 가지고 있다. 폴레케는 마약을 하는 아빠, 뜬금없이 엄마와 사랑에 빠진 담임과 자신에게 이별을 통보한 미문, 미문과 가까워지려고 하는 자신의 단짝 친구 카로는 싫어하지만, 자신에게 멋진 말을 해 주는 아빠와 자신에게 아무것도 묻지 않고 부탁을 들어주는 담임과 폴레케 아빠 일을 제 일처럼 걱정해 주는 미문, 그리고 자신과 깔깔거리며 농담 따먹기를 하며 노는 친구 카로는 좋아한다.

폴레케는 자신을 기쁘게 해 주고, 행복하게 해 주는 것들이 무엇인지를 안다. 자신을 누구보다 아껴 주는 할아버지와 할머니를 사랑하기에, 사실 자신에게는 나쁜 것보다 좋은 것들이 더 많은 것을 알기에 뛸 듯이 기뻐하며, 인생은 한 편의 시라고 느낀다.

십 대를 향한 삼십 대 아줌마의 조언과 폴레케를 따라한 시 한 편의 이야기

십 대들을 만나면 "짜증 나고 화나는 일 많지?"라고 묻는다. 아이들이 "네."라고 대답하면, 나는 곧바로 덧붙인다. "그런데 앞으로는 짜증 나는 일 더 많을 거야." 내 이야기를 들은 아이들은 어이없다는 듯 나를 쳐다본다. 웬 악담을 퍼붓는 거지, 하는 표정이다. 하지만 인생이란 게 그렇다. 십 대들에게 짜증 나는 일이 많이 생길 수밖에 없는 이유는 단 한 가지다. 십 대들은 앞으로 살아온 날보다 살아갈 날들이 훨씬 많기 때문이다. 당연히 짜증 나고 화나고 괴롭고 힘든 일이 더 많이 생길 수밖에 없다. 하지만 그만큼, 이제까지 십 대들이 느꼈던 기쁨과 행복과 환희와 즐거움보다 앞으로 생겨날, 다가올 좋은 일들이 훨씬, 훨씬 더 많다. 이것 역시 확언할 수 있다. 왜냐? 이제까지 살아온 시간보다 앞으로 살아갈 시간이 훨씬 길 테니까.

어른이 되면 십 대 때는 절대 몰랐던 즐거움과 기쁨을 느낄 수 있다. 나도 그랬다. 어른이 되어 경험한 즐거움 중에 내가 예상하거나 기대하지 못했던 것이 90퍼센트 이상이다. 그리고 서른 살 중반의 나는 아직 모르는 것이 많다. 앞으로 내게 다가올 괴로움은 걱정스럽지만, 새로운 기쁨이 있다는 걸 알기에 나의 내일이 궁금하고 기대될 때가 많다.

나는 시를 쓸 줄은 모르지만, 폴레케가 했던 것처럼 해 보고 싶다.

화가 날 땐 화를 내.

기쁠 때는 웃어.

배고플 땐 먹어.

졸릴 땐 자.

그렇게 나는 오늘도 살아가.

꼭 행복해야 돼요?

: 피트 닥터의 애니메이션
〈인사이드 아웃〉

: 로이스 로리의 소설
《기억 전달자》

• • •

난 SNS를 잘 하지 않는다. 페이스북은 게임 이벤트에 참가하려고 계정을 만들긴 했지만 어떻게 사용하는지 모르고, 인스타그램은 계정조차 없다. 트위터만 가끔 하는데, 책에서 읽은 좋은 구절을 적어 두는 정도로만 사용한다.

내가 SNS를 하지 않는다고 하면, 나처럼 남 일에 관심 많은 사람이 남 일 천지인 곳에 가지 않는다니 의아하게 여기는 사람들이 많다. 하지만 SNS 속 사람들의 모습은 일부분이기도 하고, 그 일부분은 ctrl+c, ctrl+v 한 듯 빤하다. 여행 다녀온 사진, 맛집 사진, 선물 사진들과 자기 자랑의 글들. 행복의 순간들은 사실 다들 엇비슷해서 별로 재미가 없다. 그곳에는 온통 행복만 있다.

행복 강박증에 빠진 사람들

내가 대학생 때 한창 개인 미니홈피를 관리하는 싸이월드라는 사이트가 유행했는데, 다른 사람 미니홈피를 보다 보면 기분이 우울했다. 다들 좋은 데 놀러 가고, 좋은 물건을 사고, 좋은 걸 먹었다. 너무나 행복해 보였다. 언니에게 “왜 이렇게 다 잘 사는 거야?”라고 토로했더니, 언니는 “야, 그럼 누가 미니홈피에 슬픈 사진 올리겠냐? 다들 기쁜 거 올리지. 너도 그렇잖아.”라고 했다. 내 미니홈피를 가봤더니 똑같았다. 나도 좋은 것만 올렸다. 내가 나중에 보기 위해서가 아니라, 보이기 위한 사진을 찍었다. 언젠가부터 그런 것들이 피곤해져서 전부 비공개로 해 놓고, 저장하는 용도로만 쓰게 되었다.

인터넷이 발달함에 따라 SNS 종류가 늘어났고, 사람들은 행복 강박증에 빠진 것만 같다. 다른 사람에게 행복한 모습을 보여 주고 싶어 한다. 행복하지 않으면 마치 지는 것처럼, 실패한 것처럼 느끼기도 한다. 타인의 행복을 바라보며 박탈감을 느낄 때도 있다.

인터넷 상에서 연예인 기사에 달린 댓글을 보면 자주 눈살이 찌푸려진다. 돈 자랑을 그만 하라느니, 잘사는 거 알고 싶지 않다느니 하는 내용을 여기에는 그대로 옮겨 적을 수 없을 정도로 심한 욕설을 섞어 남긴다. 마치 세상 행복의 총량이 정해져 있어 타인이 행복해지면 내 행복을 뺏기는 것처럼 느끼는 듯하

다. 그러다 보니 세상에는 행복과 분노, 이 두 가지 감정만 가득한 것 같다. 행복하거나 혹은 행복한 사람들을 바라보며 분노하거나.

제대로 다 느끼고 있니?

애니메이션 〈인사이드 아웃〉은 사람의 마음속에 '감정 본부'

가 있다는 설정에서 시작된다. 라일리 마음속에는 기쁨과 버럭, 까칠, 소심, 슬픔, 이렇게 다섯 가지 감정들이 일을 하고 있다. 어느 날 사고가 나서 기쁨과 슬픔이 본부에서 이탈하자, 라일리 마음에 문제가 생기기 시작한다.

결국은 모든 감정이 다 중요하다는 것을 이야기하고 있는데, 아마 등장인물 숫자의 효율성을 위해 다섯 가지 감정만 그렸을 것이라 본다. 실제로 감정 본부가 있다면 수십 가지, 아니 그 이상의 감정들이 존재할 것이다. 하지만 과연 우리는 그 많은 감정들을 제대로 다 느끼며 살고 있을까?

2014년 4월 16일, 세월호가 가라앉았다. 대한민국 대부분 사람들이 그랬듯, 나도 그 사건이 일어나고 몇 달을 제정신으로 지내지 못했다. 정신분석 전문가들은 이 트라우마가 대한민국을 백 년간 덮을 거라고 이야기했다. 나도 당연히 그럴 거라 생각했고, 그래야만 한다고 여겼다. 하지만 시간이 지나면서 신문과 뉴스에서는 더 이상 세월호 이야기를 하지 않았고, 사람들도 점점 세월호를 잊어 가는 것 같았다.

배를 인양하기까지 3년이 걸렸고, 그 과정에서 인간답지 못한 말들이 오갔다. 교통사고 사상자 수와 비교하며 다를 게 없다는 말을 한 모 방송국 사장도 있었고, 인양 비용을 이야기하며 반대하는 정치인도 있었다. 너무나 안타깝게도 우리는 당시 제대로 애도하지 못했다. 충분히 분노하지 못했다. 그리고 그 후유증은 결국 우리가 겪게 될 거다.

슬픈 일이 생기면 충분히 슬퍼해야 하고, 화가 나는 일이 있으면 화를 내야 한다. 마음에 생긴 감정을 다 써 버려야만 다시 그 감정이 자라날 수 있다. 그래야 감정들이 적재적소에 쓰일 수 있다. 하지만 감정을 다 느끼지 않고 지나친다면, 다음에 오는 상황에서 어떤 감정을 느껴야 할지 모를 수밖에 없다. 그렇게 되어 버리면 고장 난 라일리의 마음과 다를 게 없다. 라일리 마음속에서 '슬픔'은 다른 감정들로부터 너는 라일리에게 좋지 않은 감정이라며 조심하라는 주의를 받는다. 슬픔이가 기억을 건드리면 라일리의 기억이 슬픔으로 기억된다며, 건드리지 못하게 한다. 하지만 슬픔이 있기에 사람은 다시 기뻐질 수 있다. 슬프거나 우울한 감정을 느끼지 못하면, 기쁘거나 행복해질 수도 없다. 모든 감정은 상대적이기 때문이다. 그렇기에 다양한 감정을 골고루 느낄 수 있어야 한다.

적당한 감정의 양이 필요해

또한 감정들을 적당히 사용해야 하는데, 지나치게 쓸 때가 있다. 윗집에서 쿵쾅거리는 소리를 들으면 순간 화가 나기 마련이다. 하지만 화를 넘어서 참지 못하고 분노하게 되면, 그 지나친 감정으로 타인에게 해를 끼치기까지 한다. 이게 이렇게 분노할 일인가? 화를 낼 일인가? 싶은 생각이 드는 일들을 하는 사람들이 종종 있다.

미운 감정도 마찬가지다. 미운 사람을 적당히 미워해야 한다. 너무나 미워하다 보면, 미움에 휩싸여 오히려 자신을 좀먹게 된다. 친한 작가들끼리 모여 함께 소설을 쓰기로 한 적이 있다. 2년 여 시간을 들여 완성까지 다 했는데, 한 작가의 돌발 행동으로 무산됐다. 그 과정에서 남은 작가들은 상처를 받았고, 나 역시 일을 어그러뜨린 작가가 너무나 미웠다. 얼마나 속이 상했는지 모른다. 그런데 같이 상처를 받았던 작가 선생님은 내게 그 말을 해 주었다.

“혜정 씨, 그 사람 너무 미워하지 마. 그러면 혜정 씨만 더 힘들어져.”

내가 좋아했던 사람의 말이기에 더 위안이 되었고, 정말로 그 말이 맞았다. 여전히 일을 어그러뜨린 작가를 좋아하지 않지만, 이젠 미워하지 않는다. 나는 충분히 미워했고, 더 미워하게 되면 그건 나에게로 돌아올 테니까.

통제되어 가는 감정과 생각들

디스토피아를 그리는 많은 SF 작품들은 개인의 선택이 통제된 세상을 배경으로 하는데, 《기억 전달자》는 감정이 통제된 세상을 보여 준다. 그 세계에서 사람들은 만족과 행복만을 느껴야 한다. 만족과 행복만 있다니 어찌 보면 많은 사람들이 꿈꾸는 세상처럼 보이지만, 그렇기 위해 해야 할 통제들이 더 많다. 감정만이 아니라, 인구수도, 성욕도, 직업도 통제된다. 아이를 낳을 수 있는 것은 산모 역할의 사람들뿐이고, 산모가 낳은 아이들은 분배된다. 장애가 있거나, 쌍둥이로 태어나 체중이 적으면 '임무해제'가 된다. 성욕도 느끼면 안 되기에 모든 사람들이 먹는 음식에는 성욕 억제제가 들어간다. 부정적 감정은 이해하고 참으라고 설득된다. 그 세계는 사랑도 고통도 즐거움도 굶주림도 없다. 감정을 통제함으로써 사람들의 생각을, 삶을 통제할 수 있다.

요즘 사람들과 사회를 보면 《기억 전달자》의 모습과 비슷한 것 같아 두렵다. 사람들은 행복 강박증에 빠져 스스로 감정을 통제한다. 긍정적인 감정(기쁨, 즐거움, 신이 남)들과 부정적인 감정(질투, 슬픔, 화, 부끄러움)들을 나누어, 부정적인 감정들은 최대한 덜 느끼고 없애려고 한다.

그러다 보니 제때에 맞는 감정이 무언지도 모를 때가 많다. 가령 사람들은 부끄러워해야 할 때 부끄러워하지 않고, 부끄럽지 않아도 되는 걸 부끄러워한다. 남들보다 돈이 없고, 공부를 못하는 건 부끄러워해야 할 일이 전혀 아닌데 부끄러워한다. 정작 공공질서를 어기거나 타인에게 함부로 대하고, 무시하는 행동은 부끄러운 일임에도 부끄러운 줄 모른다.

어느 중학교에 강연을 갔는데, 내가 이야기를 할 때마다 끼어드는 여학생이 있었다. 하고 싶은 말이 많은 아이인가 보다 했는데, 쉬는 시간에 선생님이 '도움반 학생'이니 이해해 달라고 했다. 크게 방해가 되는 건 아니라 괜찮았다. 도중에 그 아이가 다음 수업 때문에 나가야 하는 일이 생겼는데, 한 남학생이 잘됐다는 걸 표현하기 위해 박수를 쳤다. 그 남학생의 모습에 순간 화가 났다. 교실 밖을 나가는 여학생이 그 장면을 봤는지 안 봤는지는 알 수 없었지만, 남학생의 행동에 내가 다 미안하고 부끄러웠다. 하지만 당사자인 남학생은 그게 부끄러운 행동인 줄 모르는 듯했다. 강연을 하다가 그 행동을 가지고 화를 낼 수는 없었다. 대신 강연이 끝날 때 즈음 다른 사람을 존중할 줄 알아야 한다며, 내가 당했을 때 기분 나쁜 일은 남도 기분 나쁠 테니 하지 않는 게 좋다고 에둘러 말했다. 그리고 그날 집으로 가면서 트위터에 투덜거리는 글을 썼다. 아, 나는 투덜거릴 때 트위터를 쓰는구나.

초등학교, 중학교 학생들 중 도움반 아이들을 괴롭히는 아이들이 꽤 많다는 이야기를 들었다. 그거야말로 부끄러운 행동이다. 제발 좀 제대로 알고, 제대로 느끼자.

4차 산업 혁명 시대라는 말들을 많이 한다. 나도 정확히는 그게 어떤 건지 잘 모르겠다. 인공지능 시대, 기계가 사람의 일을 대체하는 시대 정도로만 알고 있다. 그 시대에서 우리는 어떻게 살아가야 할까? 기계는 하지 못하지만, 사람만이 가능한 게 무엇인지 찾아야 한다. 사람은 기계와 다르게 감정이 있고,

생각을 한다. 불편함을 느끼기에 도구를 만들고, 규칙을 만든다. 슬픔과 분노가 있기에 법도 만들고, 다음에는 그런 일이 생기지 않도록 노력한다. 이게 사람이다. 하지만 점점 기계 못지않게 감정과 생각 없는 사람들이 늘어나고 있다. 사람들은 기계적으로 좋은 몇몇 감정만 가지려고 하고, 반대급부로 화만 내고 있다. 감정을 제대로 느끼지 못하니 생각도 깊게 하지 못한다.

나는 TV 예능을 잘 보지 않는다. 보려고 해도 과도한 자막 때문에 도저히 적응이 안 된다. 특히 관찰 예능(육아, 놀이, 결혼, 민박, 여행 등 체험 관찰 예능이 참 많기도 하다)에서 방송은 일일이 자막을 달아 이 상황을 설명하고, 알려 준다. '너무나 친절한 ○○', '지금 화가 난 ○○' 등등 자막으로 지시한다. 시청자의 생각과 감정이 들어갈 공간을 아예 배제한 채, 일일이 시청자가 느끼고 생각해야 할 것을 대신 가르쳐 준다(내가 유일하게 보는 예능은 '라디오 스타'이다. 그 방송의 자막은 출연자가 한 말을 그대로 받아쓰는 정도이거나, 웃긴 이모티콘을 삽입하는 정도로 적절하게 자막을 사용한다). 한번 TV를 틀어 관찰 예능 속 자막을 살펴봐라. 해도 해도 너무하지 않은가? 그런 식으로 TV 예능은 생각과 감정을 빼앗고 있다. 어쩌면 10년 후에는 '감정 학원', '생각 학원'이란 곳이 생기지 않을까 싶기도 하다. 사람이라면 당연히 가져야 할 감정을 느끼지 못하고, 생각을 하지 않는 사람들이 너무나 늘어나고 있으니까.

총천연색의 감정을 느낄 수 있는 건 인간의 특권이다. 인간이 가진 감정의 색깔은 작은 팔레트에 다 담길 수 없을 정도로 많다. 동물과 기계 수준으로 전락하지 않기 위해, 우리는 감정을 제대로 느끼는 것을 알아야 하고 배워야 한다.

기쁘고, 슬프고, 화가 나고, 신이 나고, 즐겁고, 부끄럽고, 시기하고, 미워하고, 좋아하고, 아끼고….

이건 나와 네가 느껴야 할 감정이다.

세 번째 이야기

내 삶은 너무 평범하고 지루해요

: E. L. 코닉스버그의 동화
《클로디아의 비밀》

• • •

나라는 사람은 어떻게 만들어지는 걸까. 곰곰이 나에 대해 생각해 본다. 나이, 직업, 성별, 고향, 사는 곳, 출신 학교, 가족 관계 등등. 이런 객관적인 사실은 이력서에 적을 때 필요하고, 실제로 나에 대한 게 맞다. 하지만 이것만으로 온전히 나를 다 설명할 수 있을까? 그건 마치 제품에 대한 생산 연도, 생산지, 생산자를 적어 놓은 것과 별반 다르지 않다. 대학을 가기 위해, 회사에 가기 위해 '스펙'을 쌓아야 한다고 하는데, 그때의 스펙은 결국 누구에게 보여 주기 위한 것이다. 스펙이 곧 나일까? 뭔가 성에 차지 않는다. 사람이 제품이 아닌데, 제품처럼 취급되는 것 같아 만족스럽지 않다.

나를 나답게 만들어 주는 건 그 객관적 사실을 채울 수많은 경험이 아닐까 싶다. 한 줄의 객관적인 스펙보다 그 스펙을 이루는 동안 주관적으로 겪은 일들이 더 중요하다.

내가 졸업한 학교가 어디에 위치한 어느 학교라는 것보다 더 소중한 건 내가 그 학교를 다니면서 어떤 일이 있었는지이다. 조부모님과 부모님, 1남 3녀의 형제라는 한 줄로는 내 가족에 대해 전부 보여 줄 수 없다. 세상에는 나와 같은 학교를 졸업한 사람이 수도 없이 많을 테고, 나와 같은 가족 구성원을 가진 사람 역시 많다. 하지만 그 안에서 내가 살면서 경험한 것들은 오롯이 나만의 것이다. 그리고 나만의 경험들이 하나하나 모여 바로 지금의 내가 되었다.

깜찍한 소녀의 더 깜찍한 가출기

나만의 특별한 무언가를 찾기 위해 떠나는 소녀가 바로 여기, 있다.

열두 살 클로디아는 가출을 결심한다. 보통 가출이라고 하면 불량한 아이가 할 것 같지만, 클로디아는 모든 과목에서 수를 받는 우등생이다. 그녀가 가출을 결심한 이유가 있다. 셋이나 되는 남동생들의 뒤치다꺼리를 해야 할 때가 많고, 빈둥거리는 남동생들과 달리 맏딸이자 외동딸로 혼자 집안일을 하는 차별 대우를 받기 때문이다. 하지만 더 큰 이유는 늘 똑같은 하루가 지겨워서다. 어제와 다를 것 없는 오늘, 오늘과 다르지 않을 듯한 내일. 클로디아는 일상이 도무지 재미가 없다.

클로디아는 우등생답게 가출 계획을 꼼꼼히 세운다. 자신은 돈이 없기에, 돈이 많은 둘째 남동생 제이미를 파트너로 점찍고 가출 장소로 매우 안전한 '메트로폴리탄 미술관'을 목적지로 삼는다.

미술관으로의 가출이라니, 역시 모범생답다(책에서는 메트로폴리탄을 미술관이라고 번역했지만, 미술관보다는 박물관 museum이라고 하는 게 더 맞을 거다. 미술 작품만 소장하고 있지 않고, 다양한 조각품과 전시물도 있을 정도로 규모가 무척 크다).

클로디아와 제이미는 낮에는 미술관 관람객인 것처럼 돌아다니고, 미술관 문을 닫을 시간이 되면 화장실에 몰래 숨어 있다가 직원들이 모두 퇴근하면 슬며시 나온다. 둘은 고가구를 물품 보관소로 쓰고, 16세기에 만들어진 침대에서 잠을 자고, 분수대에서 샤워를 한다. 그런 품위 있는 가출 생활을 영위하던 중, 미술관이 최근 구입한 천사 조각상에 우연히 관심을 갖게 된다. 이 천사 조각상은 어쩌면 미켈란젤로가 만들었을지도 모르기에 논란이 되고, 클로디아는 조각상의 정체가 궁금해져 조각상을 헐값에 판 프랭크와일러 부인을 직접 만나러 간다. 그리고 부인에게 전해 들은 비밀을 가슴에 안고 스스로 집으로 돌아온다.

미술관에서 지냈던 나날들, 동생과 함께 숨어 다니고, 또 천사의 조각상을 조사했던 일은 클로디아만의 것이다. 또다시 비슷한 모험을 하지 못하더라도 상관없다. 이미 모험을 했으니까. 그 경험을 통해 클로디아의 삶은 달라졌다.

매일매일이 새롭고 신기할 수는 없다. 하지만 평범한 일상 속에서 색다른 일들이 한 번씩 일어난다면, 나의 일상은 어제와 다른 오늘이 될 수 있다. 영화 〈호빗〉에서 간달프는 뜬금없이 빌보를 찾아와 스마우그에게 뺏긴 왕국을 되찾으러 가자고 한다. 평화로운 빌보의 일상을 간달프가 깨뜨린다. 모험을 떠나기 전, 빌보는 걱정스러운 마음에 간달프에게 묻는다. 살아 돌아올 수 있느냐고. 간달프는 단호하게 "아니."라고 말한다. 그리고 덧붙인다. 하지만 돌아온다면 전과 같지 않을 거야.

원래 영화 〈반지의 제왕〉을 좋아해서 〈호빗〉을 보러 갔지만, 〈호빗〉 도입부에 나오는 이 대사만으로 나는 〈호빗〉을 〈반지의 제왕〉 이상으로 사랑하게 될 것을 예감했다.

어제와 다른 오늘

나는 스물여섯이라는 제법 이른 나이에 작가로 등단했다. 등단 직후 만난 동료 작가분들은 나보다 나이가 적어도 열 살, 많게는 스무 살 이상씩 많았다. 서른 살이 훌쩍 넘어가고 나서야 내 또래 작가들이 등단을 하기 시작했다. 무라카미 류가 말하길 작가는 생의 마지막 직업이 되어야 한다고 하는데, 나는 이걸 첫 직업으로 삼고 말았다. 내가 남들보다 일찍 작가가 된 건, 특별한 재능이 있어서가 아니라 그만큼 일찍부터 작가를 꿈꿨기 때문이다. 오직 그 이유 하나밖에 없다.

내 삶을 돌이켜 보니, 그때 만약 그 일이 없었다면 나는 작가가 되지 않았을지도 모른다는 생각이 들었다. 중학교 2학년 때, 《가출일기》라는 소설책을 출간했다. 이 경험담은 여기저기 하도 많이 이야기하고 다녀서 나를 아는 사람들은 출간 연유를 다 알고 있다. 정식 공모전에서 상을 받아서 책을 내게 된 게 아니라, 원고를 여기저기 투고해서 출간을 하게 되었다. 내가 처음 쓴 소설이 책으로 만들어지고, 신문과 잡지에 광고가 나오고, 방송 인터뷰를 하고, 재미난 일들이 많았다. 책을 출간한 여름방학은 조금도 심심하지 않았다.

하지만 책은 큰 화제가 되지 않았고, 그다지 많이 팔리지 않았다. 하지만 주변 사람들은 내가 책을 출간한 걸 알았다. 사람들은 내게 왜 그다음 책을 내지 않느냐고 물었다. 그 질문에 나는 그냥 웃고 넘겼다. 나는 계속 글을 써서 공모전에도 내고, 출판사에도 보여 주고 있지만 번번이 거절당하고 있는 상태였다. 구구절절 그 사연을 설명할 수는 없었다. 내게 '안부' 차원에서 가볍게 묻는 말들이 대부분이었으니까. 잘 지내냐는 가벼운 안부에 내가 요즘 이런저런 일이 있다고 장황하게 설명하면, 대답하는 사람이 오히려 이상한 사람이 되어 버린다.

진짜 작가가 되고 싶다는, 또 책을 내고 싶은 열망에 사로잡혀 십 대와 이십 대 시절을 보냈다. 하지만 등단을 하여 책을 내는 일은 쉽지 않았다. 그러다 보니 중학생 때 책을 냈던 일을 후회하기도 했다. 그때의 일이 주홍글씨처럼 느껴졌다. 만약 내가 그때 책을 내지 않았다면, 이렇게 작가 되는 일에 집착하지 않았을 텐데, 하는 생각을 자주 했다. 정말로 내가 중학생 때 책을 낸 경험이 없었다면 나는 작가가 되지 않았을까? 하더라도 다른 직업들을 조금 더 경험한 후에 하지 않았을까? 수백 번 내게 물었지만, 나는 매번 답을 찾지 못했다. 앞으로도 영원히 답을 모를 거다. 그건 이미 일어난 일이니까. 어쨌거나 중학생 때 책을 낸 경험 때문에 나는 일찍부터 작가가 되기를 꿈꿨고 글을 썼다. 그 인과 관계만큼은 부정하지 못한다.

내가 일찍 작가가 되었기에 누리지 못하고, 경험하지 못한 것들이 많다. 하지만 한편으로, 그만큼 젊은 나이에 글을 썼기에 가능했던 것들이 있다. 나이는 서서히 들어가기에 갑자기 나이가 들었다는 생각을 거의 못 하는데, 문득 몇 년 전《닌자걸스》를 낭독하는 십 대 아이들을 보고 이제 다시는《닌자걸스》같은 글은 쓰지 못할 거란 생각을 했다. 이십 대 중반《닌자걸스》를 썼는데, 그때의 나는 십 대를 지나온 지 얼마 지나지 않았기에 그 글을 쓸 수 있었다. 뭐라고 딱히 꼬집어 설명할 순 없지만, 지금은《닌자걸스》만큼은 도저히 못 쓸 것 같다.

나만의 특별한 서사

연예인들이 여행하는 걸 비교하여 보여 주는 예능 프로그램이 있나 보다. 한 번도 그 방송을 본 적은 없지만, 인터넷 뉴스에서 그 방송에 나온 연예인이 이야기한 걸 봤다. 개그맨 이용

진은 40개국 여행을 다녔다며, 자신은 수많은 돈, 명예 이런 거 다 필요 없다고, "저는 제 온전한 기억을 너무 사랑하는 사람이다."라고 했다. 개그맨이라 그냥 재밌는 사람이라고만 여겼는데, 갑자기 그가 특별해 보였다. 그는 자신만의 멋진 경험과 이야기를 많이 담고 있는 사람임이 분명하다.

최근에 한 가지 결심을 했다. 책마다 날개에 프로필을 적어야 하는데, 이건 보통 작가가 직접 작성한다. 내가 나에 대한 프로필을 적어야 한다니, 가끔 손발이 오그라들 정도로 부끄럽기도 하다. 등단하여 첫 책을 냈을 때는 길게 프로필을 적는 게 유행인 시절이라 출판사에서 무조건 길게 써 달라고 요구했다. 그래서 《하이킹 걸즈》 프로필은 꽤나 길다. 두 번째부터는 적당히 내가 태어난 년도와 출생지, 출신 학교, 이 책을 쓰게 된 동기를 간략하게 적었다. 하지만 언젠가부터 출신 학교를 굳이 써야 하나 싶은 생각이 들었다. 관례라고 생각해서 적었는데, 알고 보니 안 적는 작가들도 많고, 학교는 크게 나를 나타내는 특징이 되지 못한다. 그래서 얼마 전부터 프로필을 적을 때 학교를 빼고 있다. 출생 년도와 출생지는 나만의 특성이 될 수 있는 요소가 있기에 여전히 적을 거다.

타인에게 보이는 객관적인 수치와 지표로만 자신을 설명하고 증명하려는 사람들이 많다. 하지만 그것만으로는 너무나 부족하다. 나를 나로 만들어 주는 것은 객관적 사실이 아닌 주관적 경험과 느낌과 기억이다. 사람은 나만의 특별한 서사를 만들어 가야 한다. 과거의 추억들이 하나하나 켜켜이 쌓여 현재의 내가 되고, 그런 내가 오늘을, 내일을 살아갈 것이기 때문이다.

비밀이라는 제목이 붙은 소설이나 영화가 많다. 비밀이라고 하면 왠지 다른 사람한테 들키면 안 되는 은밀한 것이 떠오르는데, 추리나 미스터리물을 제외하면 클로디아의 비밀처럼 긍정적으로 쓰일 때가 더 많다. 숨기고 싶다는 의미보다는 나만이 간직한 특별함에 더 방점이 찍힐 거다. 그런데 사실 대부분의 경험은 비밀이 될 수밖에 없다. 아무리 자신의 경험담을 자세하게 이야기한다 해도 상대는 그걸 들어서 알고 있을 뿐이다.

요즘 여행 예능 프로그램이 유행인데, 나는 별로 좋아하지 않는다. 편집 없이 보여 주더라도, 그건 여행을 간 그 연예인의 경험일 뿐이다. 어떻게 하더라도 절대 나의 여행은 되지 않는다. 그 여행의 추억은 여행을 떠난 연예인 당사자의 것이지, 그걸 지켜본 시청자의 것은 될 수 없다. 그러니까 나만의 모든 경험은 전부 나만의 비밀이다.

깜찍한 클로디아 덕분에 나는 뉴욕과 메트로폴리탄을 꿈꾸었고, 결국 그곳에 다녀왔다. 여전히 뉴욕은 그립다. 그곳은 언제든 다시 갈 수 있는 곳이 아니기에 언제 다시 그곳에 갈 수 있을지 모르겠다. 하지만 뉴욕에서 먹었던 쫄깃한 베이글과 쌉싸름한 커피, 한없이 청명한 하늘, 거대한 메트로폴리탄에서 만났던 고흐의 〈별이 빛나는 밤에〉와 클로디아가 내쉬었던 숨을 다시 들이마셨던 기억을 조금씩 곱씹어 떠올리며 나는 오늘도 조금 행복하다. 뉴욕의 추억은 지루한 일상을 버티게 해 주고 있다.

언젠간 다시 갈 수 있겠지.

기다려 줘, 뉴욕.

네 번째 이야기

후회하지 않고 살 수 있을까요?

: 리사 그래프의 소설
《내가 2월에 죽인 아이》

• • •

인터넷 서점 신간 코너에 있는 이 책의 제목을 처음 봤을 때는 스릴러물인가 싶었다. 《내가 2월에 죽인 아이》라니, 그럼 1월에 죽인 아이도 있고, 3월에 죽인 아이도 있다는 말인가? 내 상상력의 수준이 고작 이렇다. 소개 글을 읽으며 전혀 아니라는 걸 알았다. 자극적인 내용과 다르게 이야기는 한 소년의 일상을 그리고 있다.

그런데 주인공 소년 트렌트는 제목처럼 2월에 정말 사람을 죽였다. 실수로 말이다. 대타로 참가한 하키 경기에서 트렌트가 친 퍽이 재러드라는 아이의 가슴으로 날아간다. 재러드에게 심장 질환이 있다는 게 후에 밝혀졌고, 그 사고로 재러드는 죽는다. 그날 이후, 트렌트의 삶은 크게 바뀌었다.

트렌트는 모든 게 끝이 났다고 표현한다. 아이들은 더 이상 어떤 운동 경기에서도 트렌트가 끼길 원하지 않는다. 트렌트는 자연스레 아이들과 멀어지고, 학교생활도 대충하고, 노트에 매일 끔찍한 그림을 그린다.

트렌트의 이야기를 읽으면서 마음이 많이 무거웠다. 이상하게 트렌트가 잠수를 하기 위해 깊은 바다 속에 들어가 숨을 억지로 참고 있는 것처럼 보였고, 나도 숨이 딕턱 막혔다.

가족들은 트렌트의 잘못이 아니었다고 하지만, 아빠와 새엄마는 갓 태어난 여동생을 트렌트만 안아 보지 못하게 한다. 남동생 더그는 자신이 죽인 재러드의 여동생 애니와 친하게 지내고, 애니는 경멸하는 눈빛으로 트렌트를 노려본다. 트렌트는 매일매일 자책한다. 자신의 인생에서 그날의 일이 없었다면, 없앨 수 있다면 얼마나 좋을까 생각한다. 하지만 그건 불가능하다.

살다 보면 원치 않은 상황에 맞닥뜨릴 때가 있다. 지우고 싶은 과거, 후회되는 옛일을 누구나 가지고 있다. 만약 그때 내가 그 일을 하지 않았다면, 그 사람을 만나지 않았다면, 그곳에 가지 않았다면? 이런 가정을 누구나 한다.

예전에 일제 강점기 시절에 대해 공부할 때 너무 흥분해서 다다다다 이런 질문을 선배에게 쏟아 낸 적이 있다. 만약 일본의 침략을 받지 않았다면, 만약 기미독립운동으로 곧바로 독립이 되었다면, 만약 윤봉길의 도시락 폭탄이 제대로 터졌다면, 만약 우리나라가 둘로 나뉘지 않았다면 어땠을까? 내 이야기를 한참 듣고 있던 그 선배는 딱 한마디 했다.

"혜정아, 역사에 만약이란 건 없단다."

곧바로 나는 아, 하고 탄식을 내뱉었다. 이미 일어난 일에 만약이란 없다. 앞으로 일어날 일에도 만약은 일어날지 일어나지 않을지 알 수 없는 만약에 불과하다. 만약은 어디까지나 일어나지 않는 일일 뿐이다. 만약은 아무런 힘을 발휘하지 못한다.

트렌트는 자신의 삶에서 '만약'을 버린다. 그 사고는 이미 일어났고, 돌이킬 수 없다. 트렌트는 재러드의 여동생 애니에게 묵묵히 농구를 가르치고, 자신을 경계하는 사람들을 이해하려고 노력한다. 그리고 자신에게 손을 내밀어 준 친구 팰런과 멀어질 상황에 놓였을 때, 먼저 사과하고 다가간다. 이미 지나간 일은 어쩔 수 없지만, 앞으로 다가올 인생에서는 덜 후회할 일을 찾는다.

내일이 없는 사람들

우리의 삶에는 어제와 오늘, 그리고 내일이 있다. 이 셋은 별개가 아니다. 셋이 꽁꽁 뭉쳐 하나라는 세트다. 나는 이 셋의 무게가 동일하다고 본다. 어제 없는 오늘은 없고, 그 어제와 오늘이 차곡차곡 모여 내일이 된다. 그렇기에 과거에만 머물러 있어서는 안 되고, 오늘을 위해서만, 혹은 내일을 위해서만 살아서도 안 된다. 하지만 셋 중 하나만 존재한다고 착각하는 사람들이 많다.

최근 십 대 아이들이 자극적이고 혐오로 가득한 인터넷 사이트를 즐긴다는 이야기를 듣고 꽤 충격을 받았다. 처음 그런 사이트가 등장할 때만 하더라도, 숨어서 몰래몰래 하는 아이들이 간혹 있었는데 이제는 그렇지도 않다는 거다. 대놓고 그 사이트를 애용한다고 반 아이들에게 말한다거나, 그곳에서 사용하는 용어들을 거리낌 없이 말로도 한다. 왜 하냐고 물어보면 대다수의 아이들이 '재밌어서'라고 답한다.

자극적이고 즉각적인 것들에 흥미를 느낄 수는 있다. 하지만 나는 아이들에게 묻고 싶다. 10년, 20년이 흐른 후에도 "그때 내가 철없어서 그랬지." 하며 당당하게 말할 수 있을지, 어른이 되어서도 그 사이트를 즐겨 했던 행동을 후회하지 않을 자신이 있을지 말이다. 나중에 결혼을 하고, 자녀를 낳고, 사회에 나가 다양한 사람들을 만났을 때, 그 사이트에서 즐겨 썼던 용어들의 뜻을 알고 나서도 괜찮을까? 현재의 내가 차곡차곡 모여 미래의 나를 만들어 가는 것인데, 과연 미래의 내가 현재의 지금 모습을 부끄러워하지 않을 자신이 있을까?

물론 더 안타까운 것은 20년 뒤에도 여전히 그 사이트를 하고 있을 모습이다. 아무런 반성 없이, 생각 없이 어른이 되어서도 그 사이트에 들락날락거리며, 그곳을 세상을 바라보는 창으로 삼아 살아간다면 그게 더 참담하다. 그 사이트를 즐겨찾기로 삼은 아이들은 '내일'을 생각하지 않는 듯하다.

비단 그 인터넷 사이트만 문제가 되는 게 아니다. 십 대라서 법적 처벌을 받지 않는다는 것을 알기에 장난을 빙자해 친구를 괴롭히고, 인터넷에 악성 댓글을 달고, 어른들의 범죄를 흉내 낸다.

강연을 갈 때마다 나는 십 대들에게 해 보고 싶은 일을 적는 시간을 준다. 대부분 자신이 여행 가 보고 싶은 나라, 갖고 싶은 물건, 배우고 싶은 것들을 적는다. 그런데 간혹, 아니 종종 "말도 안 되는 거 적어도 돼요?"라고 묻는 아이들이 있다. 그게 뭐냐고 물어보면, 친구 때리기는 애교 수준이고, '테러', 'IS 가입'을 이야기하는 아이들도 있다. 한두 번이 아니었다.

말도 안 된다는 걸 자기들도 가정하고 있고, 장난으로 질문한다는 걸 알고 있지만, 이런 걸 묻는 아이들을 꽤 여럿 만나고 나니 덜컥 겁이 났다. 그 가운데 한 명이라도 장난이라며 실행에 옮기는 아이가 있다면 어떻게 하나 싶어서다.

그 질문을 받으면 나는 진지하게 "그걸 하면 너는 감옥에 갈 거야. 그리고 네 가족들은 어떻게 되겠니?"라고 답을 한다. 아이들은 속으로 '저 작가, 농담을 진담으로 받네.'라고 생각할 거다. 차라리 그러면 다행이다.

트렌트처럼 의도하지 않은 사고가 일어나는 것은 어쩔 수 없지만, 하지 않아도 될 일을, 아니 하지 말아야 할 일을 일부러 하진 않았으면 좋겠다. 오늘 하루만 살고 말 것도 아니고, 내일은 어제와 오늘이 지층처럼 쌓여 그 위에 만들어지기 때문이다.

오늘을 살고 있다는 것을 잊지 마

오늘만 사는 아이들이 있는 반면, 오늘 없이 '내일'만 바라보고 사는 아이들도 있다. 놀지도 못하고, 자신이 하고 싶은 일도 하지 못한 채 내일 성공하기 위해 선행 학습을 하고 방학에도 하루 종일 학원에 붙잡혀 있다. 더 나은 내일을 위해, 행복한 미래를 위해 살아간다.

어찌 보면 바람직한 면도 있을 것이다. 하지만 그런 아이들을 보면 안타까운 마음이 먼저 든다. 내일이 오지 않으면 어쩌려나 싶다.

그런 유머가 있다. 한 식당에 '내일은 전 메뉴 공짜'라고 공지가 붙어 있다. 그걸 본 손님들이 다음 날 그 식당에 가서 비싼 메뉴를 마음껏 시키고 배불리 먹는다. 음식을 다 먹고 나가려고 하자, 주인이 손님들의 팔목을 잡으며 계산을 하라고 한다. 손님들이 포스터를 가리키며 오늘 무료 아니냐고 물으니, 주인은 "내일 무료라고 했지, 언제 오늘이라고 했어요?"라고 되묻는다. 다음 날에도 여전히 식당 앞에는 '내일 무료'라는 포스터가 붙어 있다.

이 이야기는 내일이 없다기보다, 결국 내일 역시 오늘이라는 말을 하고 있다. 오늘 행복하지 못한 채 내일을 맞이하면 과연 행복해질 수 있을까?

어른들이 아이들에게 하는 가장 큰 거짓말은 "대학 가면 다 할 수 있어."가 아닌가 싶다. 대학 가면 살도 빠지고, 내학 가면 이성 친구도 사귈 수 있고, 대학 가면 다 멋 부리고 놀 수 있으니, 십 대에는 얌전히 공부나 하라고 한다. 막상 대학에 가 보니 아니었다. 살도 안 빠지고, 남자 친구도 쉽게 안 생겼다.

물론 어른들이 일부러 아이들에게 거짓말을 하는 건 아니다. 어른의 나이가 되면 할 수 있는 것들이 많아지긴 하니까. 하지만 십 대 때 하지 못한 건 영원히 하지 못한 일들이 되어 버린다. 나는 지금 멋 부리고 싶고, 친구랑 놀고 싶을 뿐이다.

십 대 때의 파릇파릇한 아름다움과 깔깔거리며 즐겁게 놀 수 있는 시절은 그 이후에는 오지 않는다.

십 대 때 하지 못해 후회하는 일을 물으면 '연애'라고 말했는데, 이젠 없다고 대답한다. 내가 여중, 여고를 다니지 않았더라면, 20킬로그램쯤 몸무게가 덜 나갔다면 연애를 했을 거라 당당히 말했지만, 글쎄다. 과거로 돌아가더라도 내가 똑같은 상황이었을 거라는 게 아니라, 후회해서 뭐 하나 싶어서다.

고칠 수 없는 과거를 붙들고 있기보다, 오늘의 내 삶을 훗날 돌이켜 봤을 때 후회하지 않을 오늘로 만들어 가는 게 더 중요하다는 걸 깨달았다.

내일이 궁금해지길

이제까지 쓴 책 중에 가장 좋아하는 책이 무어냐는 질문을 참 많이 받는다. 이리저리 생각해도 절대 한 권을 꼽을 수가 없다. 왜 그럴까 생각해 보니, 모든 글이 나의 일기였기 때문이다. 내가 경험한 이야기를 그대로 써서가 아니라, 내가 쓴 글에는 내 삶이 들어 있다. 각 이야기마다 그 글을 쓸 때의 내 삶의 상황이, 내 마음이 떠오른다.

물론 내 삶을 돌이켜 보면 정말 행복할 때도 있었고, 크게 좌절하여 다 그만두고 싶을 만큼 힘들 때도 있었고, 매일같이 화를 내고 있던 시절도 있었고, 불안함에 잠을 못 들 때도 있었다. 항상 좋기만 하지 않았다. 내가 쓴 이야기들도 그렇다. 행복할 때 쓴 글도 있지만, 슬프고 힘든 시절에 쓴 글도 많다. 그래서 어떤 이야기들은 떠올리면 아픈 내가 떠올라 축 처지기도 한다. 하지만 나는 내 모든 삶의 때가 다 좋고 소중하다. 그 다양한 일들을 다 겪었기에 지금 내가 있는 것일 테니까.

나의 내일이 궁금하다. 그건 바로 내가 앞으로 쓸 이야기이기도 하기 때문이다. 내일로 가기 위해서는 오늘을 잘 살아야 한다. 꼭꼭 씹어 잘 삼켜야지. 어제의 나의 손을 잡고 등도 두드려 줄 거다. 그만 후회하고, 미워하고, 원망하자. 그건 이미 지난 일이고, 바꿀 수는 없어. 그냥 그렇게 살아가는 거야. 이렇게 나는 어제와 오늘과 내일을 동시에 살고 있다.

그리고 너에게도 어제와 오늘, 내일이 모두 있다.

03...

나 말고, 너 말고, 그래, 우리

우리들의 문제, 어쩌면 좋을까?

외로울 땐 어떡하죠?

: 이경미의 영화
〈미쓰 홍당무〉

: 이해준의 영화
〈김씨 표류기〉

• • •

내가 고등학생 때, 대학생이었던 친척 오빠는 영화는 되도록 혼자 보러 간다고 했다. 그래야 영화에 집중할 수 있다며 말이다. 여러모로 좋은 쪽으로 특이한 오빠이긴 했지만, 그때는 속으로 '아, 진짜 별나다.' 생각했다. 하지만 이제는 오빠가 왜 그런 말을 했는지 충분히 이해할 수 있다. 요즘엔 나도 혼자 영화 보는 걸 즐기니까.

나는 혼자 노는 걸 좋아한다. 홀로 카페에 가서 커피를 마시거나, 영화관에 가거나, 술을 마시고, 심지어 혼자 뷔페도 간다. 혼자 있으면 그 행위에 오로지 집중할 수 있다. 내가 보고 싶은 영화와 먹고 싶은 음식을 골라 영화를 보고 음식을 먹는다. 타인과 함께 있을 때는 영화와 음식보다 만남 자체에 더 우선순위를 둘 수밖에 없다. 타인과 함께 보는 영화나 음식은 부수적인 배경일 뿐이다. 무슨 영화를 봤느냐, 무엇을 먹었느냐, 무엇을 마셨느냐가 중요하지 않다. 그때는 나와 함께한 사람이 더 중요하다. 먹는 건 함께 먹을 때 더 맛있을 때가 많지만, 영화만은 혼자 볼 때가 더 좋다. 정말 보고 싶은 영화가 있으면 혼자 본다. 아, 맛있는 디저트도 혼자 먹는 게 더 좋다. 술도 혼자 마실 때가 더 좋다. 나는 혼자만의 시간이 너무나 소중하고, 행복하다.

혼자여도 괜찮아

내가 혼자만의 시간을 즐긴 건 겨우 서른 살이 되어서다. 글을 쓰러 카페에 갈 때를 제외하고, 혼자 영화를 보고 밥을 먹는 건 하긴 해도 즐기지 못했다. 특히 혼자 밥 먹는 일은 너무나 어려웠다. 혹여 아는 사람이 지나가다가 보고 "쟤는 같이 밥 먹을 사람도 없나 봐."라는 생각을 할까 봐 학교 안에서는 굶었고, 학교 근처에서 홀로 밥을 먹을 때는 매우 빠르게 먹었다.

한번은 〈미쓰 홍당무〉라는 영화를 신촌 메가박스에서 혼자 봤는데, 영화가 끝나갈 때 즈음 눈물이 터져 나왔다. 주인공 양미숙을 너무나 안아 주고 싶어서. 하지만 곧바로 영화가 끝나고 엔딩 크레딧이 올라가기 시작했고, 급하게 눈물을 닦았다. 다른 관객들이 우는 나를 보고 내가 양미숙 같은 처지일까 오해할까 봐서다. 아니, 그날도 또 나를 아는 사람이 관객으로 오지 않을까 걱정을 했다. 신촌은 내가 이십 대를 보낸 곳으로, 나를 알만한 사람들이 제일 많은 곳이다. 혼자 영화를 보러 온 것도 창피한데, '하필' 양미숙 이야기에 울고 있는 걸 들키면 '김혜정=양미숙'이 될 거라 그 짧은 시간에 혼자 참 별생각을 다했다. 나는 혼자인 게 전혀 외롭지 않았지만, 다른 사람에게 외로운 사람으로 보일까 봐, 더 직접적으로 말하면 친구도 없는 왕따처럼 보일까 봐 걱정을 많이 했다. 대부분의 걱정이 그렇듯, 그것 역시 쓸데없는 걱정이었다. 다른 사람의 시선 따윈 사실 별로 중요하지 않고, 사람들은 혼자 있는 사람을 만났을 때 별생각을 하지 않는다. 별로 다른 사람 일에 관심이 없기 때문이다. 나조차도 혼자 있는 지인을 만났을 때 그랬으니까. 왜 저 사람은 혼자 밥을 먹지? 왜 혼자 영화를 보러 왔지? 생각하지 않았다. 그냥 저 사람이 저기 있네, 하고 만다. '혼자=외롭다'는 건 너무나 잘못된 생각이다. 오히려 여러 사람과 함께 어울리면서도 외로울 수 있다.

〈미쓰 홍당무〉를 보고 실컷 울지 못한 게 너무나 아쉽고, 억울하다. 이건 모두 나의 어리석은 착각 때문이었으니 누굴 탓할 수도 없다. 이제 와 고백하자면, 영화를 보며 내가 울었던 이유는 두 가지다. 첫 번째, 양미숙에게서 나의 모습을 보았기 때문이다. 나는 사실 양미숙이 맞다.

사랑받고 싶은 그녀, 양미숙

양미숙은 고등학교 러시아어 교사다. 하지만 러시아어가 인기가 없어지면서, 중학교 영어 교사로 가게 된다. 양미숙은 이 모든 걸 이유리 선생 탓이라고 생각한다. 그녀에게 밀려 자신이 중학교로 갔다고 여긴다. 이유리는 양미숙과 정반대로 누구에게나 사랑받는다. 심지어 그녀는 양미숙이 짝사랑하는 서종철 선생님과 사귀는 듯하다. 양미숙은 이유리가 너무나 밉다. 양미숙은 서종철의 딸인 전교 왕따 서종희와 함께 동맹을 맺고, 이유리와 서종철의 사이를 방해하기로 한다.

양미숙은 안면홍조증에 걸려 얼굴이 빨갛다. 그래서 영화 제목도 〈미쓰 홍당무〉다. 안 그래도 얼굴이 빨간데, 양미숙은 화가 날 일이 너무 많다. 사람들이 자기만 미워하는 것 같고, 자신이 짝사랑하는 남자는 자기를 좋아해 주지 않는다. 양미숙은 늘 씩씩댄다. "내가 뭘?"이란 말을 자주 한다. 학창 시절부터 그랬다. 수학여행을 가서 단체 사진을 찍는데, 누구도 양미숙을 챙기지 않는다. 이러다가 단체 사진에 나오지 못할 거란 두려움에, 양미숙은 맨 뒤에 서 있다가 "하나, 둘, 셋."을 외치는 사진기사의 말을 기다려 셋에 점프하여 우스꽝스러운 모습으로 간신히 사진에 찍힐 수 있었다. 양미숙이 가졌을 외로움과 외로움이 주는 공포를 나는 알고 있다.

십 대 시절에는 특히 혼자 있는 게 두렵다. 그때는 친구가 없다는 것만큼 큰 결격 사유가 없다. 아직도 그러는지 모르겠지만, 내가 중, 고등학교 때 여자아이들은 절대 혼자 화장실에 가지 않았다. 화장실이 무서워서라기보다, 뭐든 함께해야 했다. 혼자 화장실에 다녀와도 되는데, 꼭 "나랑 화장실 갈 사람?"을 찾는다. 나만의 친구가 있어야 한다. 그래서 그 모둠 아이들끼리 점심을 먹으러 가고, 모여 논다. 두 명이 짝을 이루는 단짝을 갖는 일도 중요하다.

고등학교 1학년 때, 학교 근처에 있는 한국전력에 견학을 갔다. 그때 우리 반은 45명이었는데, 돌아오는 길에 선생님은 고등학생인 우리에게 두 명씩 짝을 맞추어 줄서서 걸으라고 했다. 갈 때 보니 여기저기 흩어져 다니는 게 좋아 보이지 않는다며 말이다. 어쩌다 보니 나와 함께 모여 노는 아이들은 홀수 5명이었고, 나만 혼자 남게 되었다. 맨 뒤에 서서 짝 없이 혼자 걸었는데, 15분의 시간이 너무 끔찍했다. 정말 별거 아닌데, 나만 단짝이 없구나, 하는 생각에 창피했다. 지금이었다면 전혀 신경 쓰지 않았을 텐데 그때는 그게 쉽지 않았다. 혼자 있다고 무조건 왕따로 보일 리도 없고, 왕따가 되는 것도 아닌데, 뭐가 그렇게 두려웠을까. 내가 외롭지 않았다면 문제가 됐을 리 없는데, 그때도 나는 다른 사람이 나를 외롭게 볼까 봐 걱정했다.

〈미쓰 홍당무〉를 보고 내가 울었던 두 번째 이유는 기뻐서였다. 양미숙에게는 서종희라는 친구가 생겼으니까. 양미숙의 안면홍조증은 고쳐지지 않았고, 여전히 양미숙은 사람들에게 사랑받지 못한다. 하지만 영화를 보고 난 후 더 이상 양미숙이 외롭지 않을 것 같다는 확신이 생겼다.

섬에 표류되다 〈김씨 표류기〉

내가 세상에서 가장 좋아하는 영화감독은 '이해준'이다. 그가 만든 영화로는 이해영 감독과 공동 연출한 〈천하장사 마돈나〉와 〈김씨 표류기〉, 〈나의 독재자〉 등이 있다. 왜 그 감독을 좋아하느냐고 물어보면, 뭐라고 이야기를 해야 할지 모르겠다. 그냥 내 마음을 읽어 주는 100퍼센트의 이야기를 만드는 감독이라는 추상적인 답변을 할 수밖에 없다. 한때 영혼까지 통하는 친구라는 뜻의 소울 메이트라는 말이 유행했는데, 그 말을 빌리면 그는 나의 소울 감독이다(물론 이건 나 혼자만의 짝사랑으로, 상호 소통이 아니라 일방적이다). 설령 내가 영화감독이 되어 영화를 만들더라도 그만큼 제대로 잘 만들 자신이 없을 정도다.

〈김씨 표류기〉는 황당하게도 한강에 있는 작은 섬에 표류하게 된 한 남자와 그걸 우연히 몰래 훔쳐보는 한 여자의 이야기다. 남자는 자살 시도를 하다가 한강에 있는 섬에 오게 되고, 그곳에서 로빈슨처럼 살아간다. 로빈슨이 웅장하고 경건한 섬 생활을 한다면, 남자의 섬 생활은 코믹의 연속이다. 세상살이를 하며 계속 거절만 당한 남자이기에 혼자 지내는 건 외롭지 않다. 남자는 섬 생활을 즐기기까지 한다. 짜장라면 빈 봉지를 보고, 짜장라면을 만들어 먹겠다는 일념으로 농사까지 짓는다.

한편, 그런 남자를 우연히 보게 된 여자가 있다. 여자는 방 안에서 한 발짝도 나가지 않는 히키코모리 생활을 한다. 밥도 방에서 먹고, 운동도 방에서 하고, 사회생활도 방에서 한다. 여자는 인터넷 속에 꾸며진 가짜 자신을 만들어 두었다. 여자는 섬에 홀로 사는 남자를 외계인이라 오해하고 지켜본다. 짜장라면을 먹고 싶어 하는 남자의 마음을 읽은 후, 특별히 남자를 위해 짜장면을 배달시켜 준다. 하지만 남자는 배달부를 돌려보낸다.

남자와 여자는 서로의 존재를 알게 되며, 소통을 시작한다.

섬에 홀로 사는 남자가 외롭지 않았던 건, 자신을 응원하고 지켜봐 주는 여자의 존재 때문이었다. 둘은 서로에게 메시지를 보낸다. 남자는 여자가 볼 수 있도록 모래로 글씨를 쓰고, 여자는 병에 편지를 넣어 남자에게 보낸다. 두 사람은 서로의 메시지를 간절히 기다린다. 표류된 남자를 고립되지 않게 도와준 건 여자고, 결국 여자를 방 밖으로 꺼내 준 건 남자다. 서로를 향해 갈 수 있도록 남자와 여자는 둘 사이에 다리를 만든다.

혼자를 즐길 수 있는 이유

내가 어른이 되긴 되었나 보다. 이제는 혼자 있으면서 다른 사람의 눈치를 하나도 보지 않는다. 나아가 혼자 있는 걸 즐길 줄도 안다. 다행히 요즘에는 '혼밥', '혼술' 등 혼자 하는 행위 등이 많아져서, 그걸 이상하게 여기지 않는 풍조다. 혼자여서 외롭지만 않다면, 얼마든지 혼자여도 괜찮다. 혼자서는 아무것도 못하는 사람보다는 혼자여도 즐길 줄 아는 사람이 더 좋지 않을까?

많은 사람이 모여 노는 것을 좋아하는 사람도 있지만, 그렇지

5
6
7

못한 사람도 있다. 나는 후자다. 나는 사람들이 많이 모인 자리를 좋아하지 않는다. 나는 결코 두루두루 잘 지내는 스타일이 아니다. 다섯 명 이상 모여서 하는 모임도 없다. 일도 혼자 하는 게 좋다. 그래서 홀로 글을 쓰는 작가 일이 내겐 잘 맞다(간혹 작가 중에서 혼자 일하는 게 성향에 맞지 않아 못 하겠다며 다른 일을 하는 사람도 있다. 작가는 고독해야만 하는 직업이니까. 혼자 글 쓰고, 혼자 밥 먹고, 혼자 생각한다). 사람마다 특성이 다르고, 제 특성에 맞는 일을 하는 게 맞다고 본다. 동물도 무리 지어 다니는 종이 있는 반면, 홀로 다니는 종도 있다.

내가 혼자서 보내는 시간을 즐길 수 있는 건, 외롭지 않아서다. 많지 않지만, 내가 정말 힘들 때 SOS 요청을 할 수 있는 몇 명의 지인이 내겐 있다. 혼자 노는 게 너무나 심심하면 만나자고 할 친구가 있고, 화가 나서 미칠 것 같을 때 마음을 토로할 사람도 있다. 내게 그런 사람들이 있기에, 나는 혼자의 시간을 즐길 수 있다.

혼자 지내더라도, 어떤 상황이더라도 결코 자신을 외롭게 두지는 말아야 한다. 혼자인 것과 외로움은 별개니까.

우리, 외롭지 말자. 외로움이 나를 삼켜 버리지 않도록 하자.

두 번째 이야기

친구,
어렵고 또 어려운

: 시게마츠 기요시의 소설
《친구가 되기 5분 전》

• • •

너는 아직도 모른다. 그때 와이가 네게 왜 그랬는지.

너에겐 '와이'라는 친구가 있었다. 와이와 너는 초등학교 5학년 때 처음 같은 반이 되면서 알게 되었다. 와이와 너는 제법 통하는 게 많았다. 너도 와이도 글쓰기를 좋아했고, 소위 잘나가는 여자애 집단에 속하진 않았고, 담임 선생님에 대한 불만이 있었다.

열두 살의 남자아이들은 성에 눈을 뜨는 시기였고, 여자아이들에게 기분 나쁜 장난을 쳤다. 일부러 여자아이들의 젖가슴을 만지려고 쫓아다니고, 브래지어 끈을 잡아당겼다. 지금은 엄연히 '성추행'이라는 단어가 있지만, 그때 너희는 그 말을 몰랐다. 그냥 괴롭힘이라고만 여겼다. 그 당시 너는 괴롭힘의 자세한 내용을 담임 선생님에게 말하지 못했다. 잘못한 건 너희가 아닌데, 너희는 부끄러웠다. 그래서 담임 선생님이 매일 검사하는 일기장에 남자아이들이 짜증 난다, 는 내용을 자주 적었다. 담임 선생님은 매번 일기장에 문구를 남겨 주셨는데, 네가 지금까지 기억하는 문구는 딱 하나뿐이다.

"혜정아, 너는 불만이 너무 많아."

너는 담임 선생님이 남자아이들의 행동을 알아주길 바랐을 뿐이다. 와이와 너는 일기장에 더 이상 그 내용을 쓰지 않았다. 둘은 운동장 조회대 계단에 앉아 짭조름한 과자를 집어 먹으며 담임 선생님을 욕했다.

우리들 엄마는 담임 선생님에게 아무것도 드리지 않아서 우리를 좋아하지 않는 거야, 그래서 우리 말을 들어 주려고 하지 않는 거야, 남자애 엄마는 봉투를 가져다주었대.

그래, 그건 어쩌면 오해였을지 모르지만, 이십 년이 흐른 뒤에도 너는 여전히 그 의심을 버리지 않고 있다.

6학년이 되면서 와이와 너는 다른 반이 되었고, 복도에서 마주치면 반갑게 인사를 하며 지냈다. 각자 반이 다르기에 같이 놀 일이 많지 않았다.

와이와 너는 같은 중학교에 입학을 했다. 3년 동안 같은 반이 된 적이 한 번도 없다. 1학년 말 때였던가, 와이는 네게 편지를 주고받자는 제안을 했다. 그때는 편지를 주고받는 일을 하는 아이들이 꽤 있었다. 와이는 너에게 늘 정성스러운 편지를 써 줬다. 그림 그리기나 만들기 재주가 없는 너는 편지지 선에

맞춰서 일렬로 쓰는 게 전부였지만, 와이는 아니었다. 항상 예쁜 편지지에, 달팽이 모양으로 써서 편지를 뱅글뱅글 돌려가면서 읽을 수 있게 쓰기도 했고, 편지지를 사탕처럼 돌돌 말아 목걸이 모양으로 만들기도 했다. 와이는 네게 한 번도 "너는 왜 예쁘게 편지 안 써 줘?"라고 묻지 않았다. 너 역시 그런 건 내 스타일이 아니니까, 라며 해 보려고 시도조차 하지 않았다.

시간이 지날수록 너는 편지를 쓰는 일이 귀찮아졌다. 편지에 쓸 말도 많지 않았다. 하지만 와이는 아니었다. 와이는 힘든 가족사부터 은밀한 꿈 내용까지 아무에게나 말할 수 없는 내용을 적었다. 와이는 이건 너에게만 하는 이야기라고 했다.

편지 내용과 다르게 와이는 늘 밝은 아이였다. 그래서 너는 가끔 헷갈렸다. 진짜 와이는 누구일까. 편지 속의 와이와 학교에서 만나는 와이 중 누가 진짜 와이일까.

와이와 너는 같은 반이 된 적이 한 번도 없지만, 와이는 쉬는 시간이면 너를 찾아왔다. 그때 네게는 단짝이라 부를 만한 친구가 따로 있었다. 단짝과 너는 3년 동안 연속으로 같은 반이었고, 키가 1cm차이라서 36, 37번 식으로 번호도 3년 내내 앞뒤였다(네가 다닌 학교는 키 순서대로 번호를 매겼다). 단짝과 너는 짝

꿈도 자주 했다. 쉬는 시간에 네가 단짝과 장난을 치거나 떠들고 있으면, 와이는 슬며시 편지를 주고 가 버렸다. 그때 와이가 어떤 표정으로 너를 바라봤을지, 너는 모른다.

중학교를 졸업했고, 와이와 너는 다른 고등학교에 입학하게 되었다. 지금과 다르게 핸드폰을 가지고 있는 아이들은 한 반에 몇 명 되지 않았다. 그렇기에 같은 학교 친구가 아닌 아이들과 자주 연락을 할 수 없었다. 그래도 이메일을 주고받거나, 집 전화로는 연락할 수 있었다.

3년 내내 같은 반이었던 단짝과도 다른 학교에 입학했지만, 단짝과는 통화하거나 가끔 만났다. 그런데 와이와는 그러지 못했다. 고등학교에 입학한 지 한 달이 되었을 즈음, 너는 와이에게 만나자고 했다. 와이는 바쁘다고 했다. 네가 집으로 전화를 걸어도 와이는 받지 않았다.

와이는 네게 먼저 연락을 하지 않았다. 너는 와이가 궁금하고, 걱정되고, 보고 싶었지만 와이에게 연락은 없었다. 너는 몇 차례 더 와이에게 연락을 시도하다 그만두었다. 와이와 같은 학교를 다니는 친구를 통해 가끔 와이의 소식을 들었을 뿐이다. 그 이후로 너는 와이를 만난 적이 없다.

어딘가 불편한 이야기

여기에서 '너'는 나다. 위의 이야기는 내 경험담이다. 나를 '너'라고 지칭한 건, 시게마츠 기요시의 《친구가 되기 5분 전》이라는 소설을 패러디한 거다. 이 소설은 '에미'를 중심으로, 에미 주변 인물들의 이야기를 연작으로 썼는데 특이하게도 주인공을 '너'라고 지칭하는 2인칭 작품이다. 2인칭의 작법은 화자가 주인공에게 한 발 물러서 있다는 점에서 객관적으로 보이기도 하고, 자칫 차갑게 느껴질 수 있다. 그래서였을까. 《친구가 되기 5분 전》은 내내 긴장 상태에서 읽어야 했다. 읽으면서 몇몇 부분에서 자주 송곳으로 콕콕 찔리는 기분이 들기도 했다.

불의의 사고로 다리를 절게 된 에미는 마음의 문을 닫고 친구를 사귀지 않는다. 그런 에미가 유일하게 마음을 연 건 몸이 아파 학교생활을 제대로 하지 못하는 유카다. 에미와 유카에게 스쳐 지나가는 친구들이 있다. '모두'에게서 벗어나지 않으려고 반 아이들을 관계도로 그리며 분석하고 친구들에게 잘 보이려고 노력하는 호타, 단짝에게 남자 친구가 생긴 후 외로움을 느껴 심인성 시각 장애를 겪는 하나, 전학 온 학교에서는 왕따가 되지 않기 위해 친하지 않은 아픈 친구를 위해 종이학 접기를 하는 니시무라, 능력 있고 인기 있는 친구들 사이에 끼어서 자괴감을 느끼는 미요시, 가까운 친구지만 선의의 라이벌로 서로를 견제하는 후미와 모토. 이 인물들은 에미와 조금씩 관련이 있는데, 에미를 통해 자신의 처지를 깨닫는다. 다들 자기 자신의 모습을 받아들이고 이해하는 듯 보이지만, 읽는 나는 뭔가 개운치 않다. 명치에 무언가가 걸린 듯 불편한 기분이다. 책의 제목처럼 인물들의 사이는 '친구가 되기 5분 전'의 상태를 유지한다. 한때 친구였으면서, 지금 친구이면서도 계속 그 상태다. 현재는 친구지만, 언제 다시 친구가 되기 전 상태로 돌아갈지 모른다. 갑자기 궁금해진다. 같은 반 아이들을 모두 친구라고 할 수 있을까? 하루 종일 같은 교실에 있으면서 말 한마디 주고받지 않는 사이여도? 전혀 친하지 않은 아이를 가리켜 걔는 같은 반이지만 친구는 아니야, 라고 말하는 건 너무 차가운 걸까?

소설의 일본어 원제가 궁금해 찾아보니, '친구가 아닌 기분' 정도로 해석할 수 있었다. 우정에 관한 아름다움을 그린, 교과서 같은 우정을 설명하는 소설이 전혀 아니다. 그래서 읽는 내내 불편했나 보다. 너무 사실적이라서, 실은 나도 호타나 니시무라, 후미 같은 적이 한 번쯤 있어서.

친구였던, 친구인, 친구일

나는 여전히 와이와 멀어진 이유를 모른다. 사실 와이 말고도 한때 친했지만 지금은 연락조차 되지 않는 친구들이 꽤 여럿 있다. 서로 다른 지역으로 진학해서, 연결 고리인 친구가 사라져서, 연락을 하지 않은 지 오래되어 서먹해서, 뜸한 사이에 둘 다 연락처를 바꾸는 바람에 연락처를 몰라서, 다투거나 기분이 상한 사건이 있어서 대놓고 절교를 한 경우도 가끔 있다. 왜 요즘 그 애랑 연락을 안 하지? 하면 나는 곧바로 이유를 댈 수 있다. 각각 사연이 다 있다. 하지만 와이는 그렇지 않다. 한때 나는 와이에 대해 많은 생각을 했다. 와이는 나를 일기장이나 고해성사 대상으로 이용한 게 아닐까? 어쩌면 나도 모르는 무신경함으로 와이에게 상처를 준 게 아닐까? 내가 와이에게 잘못한 일이 있지 않았나? 여전히 와이는 내게 물음표다. 아마 죽을 때까지 나는 와이와 멀어진 이유를 모를 것 같다.

이제까지 살아오면서 내가 스쳐 간, 나를 스쳐 간 친구들은 아주 많다. 친구와 친한 시기에는 이 관계가 영원할 것 같고, 어쩌면 이렇게 나와 꼭 맞는 친구를 만날 수 있지, 하면서 감탄한다. 하지만 그 관계를 계속 유지하는 경우가 많지는 않다. 그건 내 성격에 크게 문제가 있어서라기보다(조금은 문제가 있다고 보지만 크다고는 생각 안 한다) 살아가면서 환경이 달라지기에 그렇게 될 수밖에 없을 때가 많다. 반대로 10년 전에는 전혀 모르는 사이였는데, 새롭게 알게 된 친구들도 있다. 지금 나와 가장 가까운 친구 다섯 명의 이름을 말하라고 하면, 그 가운데 몇 명은 학창 시절부터 친했던 이도 있고, 사회생활을 하면서 알게 된 사람도 있다. 앞으로 10년 뒤에 나는 이 다섯 명의 이름을 그대로 말할 수 있을까? 자신은 없다. 십 대 때라면 그게 너무 속이 상했겠지만, 지금은 친구 관계만큼 쉽지 않은 게 없다는 걸 깨닫는다. 오히려 나이가 들면서 친구 사이에 더 조심해야 하는 일이 있다는 걸 알게 되었다.

가까운 친구일수록 더 조심해야

초등학생 때, 아빠와 친했던 친구 한 분이 계셨다. 나도 그 아저씨와 가족들을 무척 좋아했는데, 어른들만이 아는 사정으로 사이가 나빠졌다. 아빠 친구분의 가족들과 더 이상 어울릴 수 없다는 사실에 아빠를 원망하기도 했다. 어떻게 친한 친구인데 사이가 나빠질 수 있지? 하면서 이해를 못 했다. 하지만 지금은 이해할 수 있다. 가족도 너무 맞지 않으면 만나지 않고 사는 경우가 있긴 하지만, 그건 드물다. '가족이니까.' 한마디로 안고 가야 하는 게 있다. 하지만 친구 관계는 그렇지 않다. 연인 관계처럼 "우리 이제 헤어져!"라고 서로 합의해서 멀어지는 경우보다, 어쩌다 보니 멀어져 있고, 한 사람만 그 이유를 아는 경우도 있을 거다. 그나마 다행인 건, 어쩌다 보니 서로 연락이 뜸해 멀어진 친구들은 다시 연락할 기회가 생기면 금세 가까워질 수 있다. 떨어져 있거나, 연락을 주고받지 않은 시간이 길더라도 오랜만에 만나면 예전 기억이 새록새록 떠올라 반갑다. 하지만 사는 지역이라든지, 일하는 환경 등의 연결 고리가 없으면 다시 그 친구와 자주 연락하지 않은 사이가 되는 경우가 많긴 하다.

나도 그렇고, 주변 사람들 중에서도 친구였다가 멀어지는 걸 종종 본다. 나와 함께 모여 놀던 A, B가 있는데, 최근에 둘의 사이가 나빠져 버렸다. 정말 작은 사건이었는데, 서로 오해를 하는 바람에 그렇게 됐다. 중간에서 내가 둘의 관계를 회복시키려고 나름 노력했지만 쉽지 않았다. 내가 보기에 A와 B가 정말 친한 친구라고 생각했는데, 어쩌다 그렇게 됐는지 모르겠다. 그냥 안타까울 뿐이다. 내가 혼자 너무 안타까워하고 있으니, 제3자인 남편은 "둘이 친했던 게 아니네."라고 말을 했다. 정말로 친했으면 그런 작은 일로 멀어질 리가 없다며 말이다. 그 말에 고개를 끄덕이다가, 함께 지냈던 시간들을 돌이켜 보면 그건 또 아니다. 둘은 정말 친했다. 지금은 아닐지라도.

어른이 된 지금은 "그래도 화해해야지."라는 말보다 "어쩔 수 없지 뭐."라고 주변인 입장에서 말할 때가 더 많다. 어긋난 관계를 다시 되돌리는 건 결코 쉬운 일이 아니니까. 헤어진 연인을 비유해 "한 번 깨진 도자기는 다시 깨지게 되어 있다."라고 말을 하는데, 그 말은 친구 사이에도 잘 맞는 것 같다. 친한 사이일수록 더 조심하고, 배려해야 한다. 오늘 친구라고 해서 내일도 친구라는 법은 없다.

내가 친구로서 너를 존중하고 있다고 느껴야만 친구 관계가 이어질 수 있다는 걸 오늘도 여실히 깨닫는 중이다.

세 번째 이야기

왜 다들 우리가 헤어질 거라 하죠?

: 주디 블룸의 소설
《포에버》

• • •

번역된 외국 문학 책들을 읽다가 갑자기 화가 났다. 내가 좋아하는 많은 책들의 출간 연도가 1970~80년대인 것들이 많았고(《클로디아의 비밀》, 《피그맨》 등등), 그것을 나는 서른이 다 되어가는 나이인 2010년이 되어서야 알게 되었다. 십 대 때 그 책들을 읽었으면 얼마나 좋았을까, 왜 우리나라에는 그런 책들이 없을까 하고 혼자 씩씩댔다. 나는 2000년대 전후 중, 고등학생이었다. 그 시절 내가 추천받았던 문학은 세계 명작이었다. 톨스토이, 헤르만 헤세, 도스토예프스키의 작품들. 권유한 선생님도 이걸 십 대 시절 읽으셨을까 의심이 드는 작품들로 명작임은 분명하나, 십 대의 내가 읽기에는 너무 어려웠다. 나중에 대학원 시절에 읽으면서 정말 대단한 작품이라는 걸 알게 되었지만, 십 대들에게는 추천하고 싶지 않다.

1970년대 우리나라 청소년 문학에는 어떤 게 있었는지 잘 모른다. 예전에 대학원에서 공부를 할 때 제목과 간략한 내용을 듣긴 했지만, 그 책은 쉽게 구할 수도 없고, 사실 별로 읽고 싶지 않다. 지금의 현실과 너무 동떨어진 이야기들이 많고, 시대를 지나서도 읽힐 만한 작품이 거의 없다. 그런 연유에서 그 책들이 지금 시중에 나와 있지 않을 거다.

반면에 미국에서 출간된 1970년대 십 대들의 이야기는 조금도 올드하지 않다. 《호밀밭의 파수꾼》, 《초콜릿 전쟁》 같은 작품이 그렇다. 번역된 책들의 출간 연도를 보고 반성도 한다. 시간이 흘러 한 20여 년 후쯤, 2018년 한국 청소년 문학 왜 그래? 하고 미래의 독자들이 뭐라고 할 수 있다. 훗날 독자의 원망 속에 청소년 문학 작가인 나도 포함되어 있을 거다. 나도 썩 잘하고 있는 건 아니니까.

국수주의자 같은 발언일지 모르겠지만, 아무리 번역이 잘되더라도 자국의 언어로, 자국의 이야기를 하는 게 어느 정도는 필요하다고 본다. 아무리 국경을 뛰어넘는 글로벌한 시대라고 하지만, '지금, 여기, 우리'의 생활을 이야기해야 할 때가 있으니까. 일제 강점기 시절의 이야기를 하는 이금이의 《거기, 내가 가면 안 돼요?》나 두발 제한으로 투쟁하는 소년의 이야기인 김해원의 《열일곱 살의 털》이 그렇다. 다른 나라 사람들이 읽어도 공감하고 이해할 수 있을 정도로 좋은 작품들이지만, 외국인이라면 이 책을 쓸 수 없을 거다. 이건 우리나라의 역사와 사회가 낳은 작품들이니까. 어쨌거나 결론은 나도 이렇게 좋은 글을 쓰고 싶다는 거다. 시간이 지나도 계속 읽힐 수 있는 '우리의' 이야기 말이다.

조금, 아니 많이 '쎈' 이야기

주디 블룸의 《포에버》를 읽으며 출간 연도를 몇 번이고 확인했다. 1975년 작이라니, 그때 미국의 청소년들은 벌써 이런 고민을 했다니. 《포에버》는 좀 '쎄다!'(세다, 가 표준어지만, 이건 쎄다, 라고 써야지만 뜻이 더 잘 전달될 것 같다) 십 대들의 성과 사랑에 대한 이야기라고 해서 적당한 수준을 예상했지만, 그 이상이었다.

고등학생인 캐서린은 마이클을 보자마자 반한다. 둘은 자연스레 연애를 시작한다. 첫 키스와 첫 섹스, 첫 사랑. 캐서린과 마이클은 새로 시작하는 연인들의 모습을 전형적으로 보여 준다. 보고 싶고, 함께 있고 싶고, 만지고 싶다. 마이클에게 느끼는 캐서린의 감정과 두 주인공의 스킨십에 관한 묘사는 아주 자세하다(그래서인지 미국의 한 중학교에서는 1997년 이 책을 비치하지 못하도록 했다가 2001년이 되어서 비치했다고 한다). 캐서린의 가족들은 너무 급하게 마이클에게 빠져드는 캐서린을 걱정한다. 하지만 만나지 말라는 훈계보다는(만나지 말라면 더 만나고 싶으니까), 조심스럽게 청소년 성에 대한 칼럼과 팸플릿을 보여 준다. 피임, 낙태, 성병 등에 관한 정보뿐만 아니라, 즐거운 성관계에 대한 설명까지 나와 있다. 캐서린은 상담사에게 찾아가 남자 친구와의 관계를 이야기하며, 피임 방법을 소개받는다. 그렇다고 이야기가 단순히 청소년 성 경험에 관한 걸 소개하는 데 그치는 건 아니다. 《포에버》는 십 대들의 연애 과정에서 충분히 일어날 수 있는 일을 숨기지도, 그렇다고 과장하지도 않고 보여 준다.

몇 년 전 우리나라 청소년 문학에서 십 대들의 성을 다룬 이야기가 한꺼번에 여러 편 나왔다. 주제는 모두 하나였다. 십 대들의 임신. 국내서뿐만 아니라, 번역서도 십 대들의 임신을 다룬 것들이 많았다. 이상한 건 임신을 하기 전까지의 과정은 생략된 채, 곧바로 임신 상황에서 시작해서 이야기가 진행된다. 어른들의 성을 이야기하면서 누가 임신 이야기만 할까? 어쩌면 하나같이 임신 전의 상황은 이야기하지 않는 것인가? 십 대들의 성에 관해서는 오로지 책임과 부작용만 이야기했다. 물론 그 책들의 효과도 적지 않다. 고등학생이었던 남동생에게 십 대 임신을 다룬 소설책을 읽으라고 권했다. 다 읽고 난 다음에 소감을 물으니, 딱 한마디였다.

"무서워. 조심해야겠어."

십 대들의 성을 다룬 이야기가 오로지 '임신'에만 치우쳐져 있다는 건 좀 너무하다 싶다. 열 편 중 아홉 편이 그렇다. 성은 금기시되어야 하는가? 과연 그 책들은 어른들의 의도대로 십 대들을 움직이게 했을까? 하지만 청소년들의 첫 경험 연령은 왜 점점 더 낮아질까?

《포에버》를 읽고 샘이 났다. 《포에버》는 연애 시작부터 끝이 난 후까지 보여 줬다. 캐서린이 한창 마이클과 사귀고 있을 때, 엄마는 '싫다고 말할 수 있는 권리'라는 칼럼이 실린 신문을 넌지시 캐서린에게 갖다준다. 거기에는 네 가지 질문이 있다.

1. 육체관계는 남녀 관계에 반드시 필요한가?
2. 육체관계에서 무엇을 기대할 수 있을까?
3. 도움이 필요할 경우 어디에 연락해야 할까?
4. 지금 맺고 있는 관계가 어떻게 끝날지 생각해 본 적이 있는가?

캐서린은 네 번째 질문에서 화를 낸다. 왜 남녀 관계가 반드시 이별로 끝날 거라는 듯이 말하는지 몹시 기분이 나쁘다. 캐서린은 첫사랑인 마이클과 영원히 함께할 거라 생각한다. 대학에 가서도 마이클과 자주 만나고 싶은 마음에, 마이클이 진학하는 대학과 같은 지역에 있는 대학에 원서를 내려고도 한다.

졸업을 앞두고, 캐서린과 마이클은 각자 아르바이트를 하러 떠난다. 캐서린은 여름 방학 동안 테니스 보조 선생님으로 캠프에 가고, 마이클은 삼촌 댁에 일을 도우러 간다. 둘은 4주간 떨어져 지내야 한다. 이건 부모님들의 계획이다. 둘이 너무 가까워지자, 잠시 떨어뜨려 놓으려는 거다. 캐서린과 마이클은 아무리 우릴 떼어 놔 봤자 아무것도 변하지 않는다는 걸 보여 줄 거라 다짐한다. 하지만 인생이 마음대로 되지 않는다.

캐서린은 캠프에서 테오라는 남자 대학생을 만나고, 마음이 마이클에서 테오로 움직이는 걸 느낀다. 캐서린은 매일같이 마이클에게 편지를 썼지만, 언젠가부터 쓰지 않는다. 마이클은 캐서린과 연락이 되지 않아 걱정스러운 마음에 찾아오고, 캐서린은 마이클의 스킨십을 거절한다. 그렇게, 캐서린과 마이클은 헤어진다. 시간이 지나 캐서린과 마이클은 우연히 마주치고, 둘은 매우 어색하게 인사를 한다. 캐서린은 마이클을 사랑했던 것을, 사랑했기에 했던 일들을 후회하지 않는다. 다만 영원을 약속하기에 자신이 너무 어리다는 것을 깨닫는다.

시한부 친구 관계

책을 처음 읽었을 때 캐서린이 나쁘다고 생각했다. 캐서린은 한마디로 바람을 피운 거고, 마이클은 배신을 당했다. 내가 처음 사귀었던 남자가 바람을 피워 헤어졌던 경험 때문인지, 한때 '바람'을 이유로 헤어진 연인들을 무척 싫어했다. 하지만 대부분의 연인 관계는 결혼으로 가지 않는 한 끝나게 되어 있고(물론 첫사랑과 결혼하는 사람들도 있긴 하지만 극히 드물다), 바람은 이별을 위한 여러 가지 이유 중 하나일 뿐이었다. 새로운 사람이 나타나지 않았어도, 그 연인은 다른 이유로 헤어질 확률이 크다. 나도 그랬을 거다.

두 번째 책을 읽고 났을 때는 캐서린이 조금도 나쁘다고 여겨지지 않았다. 캐서린과 마이클은 정말로 사랑했고, 그 사랑이 끝났을 뿐이다. 둘은 여느 연인들처럼 그냥 헤어진 거다. 연애의 '포에버'는, 헤어짐의 포에버를 담고 있는지도 모른다. 헤어진 연인은 영원히 헤어져야만 한다. 좋은 동료로 지낸다거나, 친구 사이로 돌아왔다는 말은 다 거짓말이다. 헤어진 연인이 다시 사귀는 경우가 아니라면 다른 관계로 다시 만날 수는 없다. 연애를 하는 도중에는 그걸 모른다. 아니, 알고 있음에도 불구하고 그 사실만은 의식하지 않는지도.

연인 관계는 시한부 친구 관계다. 연인으로 지내는 동안에는 서로가 가장 소중하겠지만, 헤어지고 난 후에는 관계가 싹둑 잘린다. 그렇다고 연인으로 지냈을 때의 일까지 삭제되는 건 아니다. 그때의 경험은 내 과거 속에 추억이라는 이름으로 남아 있다. 행복했던 기억, 슬펐던 기억, 끔찍했던 기억 모두 그대로 말이다. 과거를 단순히 과거일 뿐이라고 말할 수 없다. 과거를 자주 들여다보고 살지 않겠지만, 그 과거들이 현재의 나를 이루는 것이니까.

가끔 과거의 남자 친구를 생각한다. 그 시절 예쁘고, 또 예뻤던 내가 보고 싶어서다. 어쩌면 연애라는 건 삶을 사진으로 찍어 두는 일이 아닌가 싶다. 사람들은 기억하고 싶은 순간 사진을 찍는다. 예전에 찍은 사진을 보면서 그때 일을 떠올린다. 연애도 그렇다. 과거를 불러오기 가장 좋은 도구는 연애다. 그때 내가 어땠지, 하면서 말이다.

연인을 사귈 때 행복하고, 즐거운 사진을 많이 찍길 바란다. 없애 버리고 싶은, 다시 들춰보고 싶지 않은 사진이라면 곤란하다. 왜냐하면 그 사진은 실물이 아니라 없앨 수가 없으니까.

네 번째 이야기

우리 가족, 문제인가요?

: 김태용의 영화 〈가족의 탄생〉

• • •

그때, 나는 너를 따라가지 말았어야 했다.

나에겐 열 살 어린 남동생이 있다(더불어 한 살 많은 언니도, 다섯 살 어린 여동생도 있다). 나이 차가 꽤 나는 편이기에, 어린 남동생을 유독 예뻐했다.

아이를 낳기 전에, 나는 진지하게 주변 사람들에게 "나중에 아이를 낳더라도 남동생만큼 귀여워 못 할 것 같아요."라고 말을 했다. 사람들은 어떻게 자식이랑 동생을 비교하느냐고, 말도 안 된다고 했다. 하지만 내 예상은 맞았다. 나는 나의 아이보다 남동생을 훨씬 귀여워했다. 어릴 적 남동생은 대부분 귀엽기만 했다. 내가 아이를 낳아 길러 보니, 부모 입장에서는 어린아이가 항상 귀엽지만은 않다. 아이 때문에 힘들고, 어려울 때가 참 많으니까. 하지만 누나 입장에서 남동생은 귀여운 면만 보고 즐길 수 있다.

어쨌거나 내가 고등학교 1학년, 남동생이 초등학교 1학년 때였다. 소풍지에서 일찍 끝난 나는 동네 도서관으로 향했다. 소풍 끝나고 도서관이라니, 어쩔 수 없었다. 내가 졸업한 청주여고는 당시 아주 고약한 시험 날짜를 정했다. 5월 1일이 개교기념일이었고, 그 전날인 4월 30일에 봄 소풍을 간다. 그리고 꼭 개교기념일 다음 날 중간고사가 시작된다. 내가 재학 중인 3년 내내 그랬다!

남동생이 다니던 초등학교 안에 도서관이 있었는데, 그날 하교하던 남동생과 마주쳤다. 남동생 옆에는 엄마와 남동생 친구, 친구네 엄마 이렇게 네 명이 있었다. 남동생과 나는 서로를 보고 반가워했다. 나는 태엽아, 하고 큰 소리로 불렀고, 남동생은 역시 누나, 하고 나를 크게 불렀다. 그런데 남동생 옆에 있던 친구는 "너희 누나야?"라고 놀라며 물었다. 누나라고 하기에는 나이가 많아 보였나 보다. 보통 많아야 4-5살 차이가 나니까. 그때 나는 남동생이 멈칫하는 걸 봤다. 하지만 개의치 않고 남동생에게 달려갔다. 곧바로 나는 그 일을 잊었다.

다음 날은 개교기념일이라 학교를 가지 않고, 도서관으로 향했다. 심심했던 언니와 나는 남동생이 끝나는 시간에 맞추어 남동생을 데리러 가기로 했다. 그런데 교실에서 나오던 남동생은 우리를 보고는 화들짝 놀랐다. 그러더니 일부러 우리와 눈을 마주치지 않고 재빠르게 달려 나가기 시작했다. 남동생은 우리를 피해 도망쳤고, 우리는 남동생을 잡기 위해 뛰었다. “태엽아. 김태엽!” 큰 소리로 부르면서. 학교 한 바퀴를 다 돌고서야 남동생을 잡았다. 남동생에게 떡볶이를 사 주겠다며, 학교 앞 분식점으로 갔다. 떡볶이와 핫도그가 나왔지만 남동생은 먹지 않겠다고 했다. 엄마와 시장에서 만나기로 했다며, 가 보겠다고 했다. 언니와 나는 그럼 그렇게 하라며 남동생을 보내고, 둘이 깔깔대며 떡볶이를 먹었다. 아직도 그때의 남동생의 표정을 잊을 수가 없다. 좋아하는 음식을 눈앞에 두고도 먹지 않은 채 똥 씹은 표정을 하고 있던 모습을(화를 내고 싶지만 그럴 순 없고, 울고 싶지만 울 수는 없어 잔뜩 참고 있는 얼굴의 남동생을 두고 가족들은 “또 똥 씹은 표정 짓는다.”라고 말했다).

사실 나는 알았다. 남동생이 우리를 창피해하며 도망친다는 것을. 하지만 언니와 나는 그게 재밌다며 일부러 더 크게 남동생 이름을 부르며 따라갔다. 심지어 두고두고 그 일을 꺼내, “너희 학교 또 가야지.”하며 남동생을 놀렸다. 역시 그때마다 남동생은 특유의 똥 씹은 표정을 지었다. 시간이 한참 흐르고, 또 흐른 지금에서야 그때 남동생의 마음이 어땠을까 생각하면 이제야 미안해진다. 학교에 다시 오지 말라는 남동생에게 오히려 나는 "야, 내가 부끄럽냐? 뭐가 부끄러워?" 하고 큰소리쳤다. 그런데 그 작은 아이의 마음은 편치 않았을 거다. 나도 청주여고 시험 날짜 못지않게 고약했음을 뒤늦게 반성할 뿐이다.

정상 가족? 비정상 가족?

가족의 형태는 다 다르다. 하지만 내가 어릴 적 교과서에서 나온 가족 구성은 엄마, 아빠, 자녀 둘이 기본이었다. 그때마다 나는 속으로 어? 우리 집은 아닌데, 하고 생각했다. 우리 집은 거기에 할머니, 할아버지, 형제 두 명이 더 있는 여덟 명의 대가족이었으니까. 어디 가서 내가 우리 가족 수를 이야기하면, 다들 조금씩 신기해했다.

내가 어렸을 때는 국가적으로 '둘만 낳아 잘 기르자'는 가족계획 정책을 표어로 삼았기에 형제가 둘 이상인 집이 많지 않았다. 그래서 엄마는 모르는 장소에 가서 언니와 나만 데리고 있을 때, "자녀가 두 명인가 봐요?"라고 물으면 "네." 하고 말았다. 아니, 집에 두 명이 더 있는데 왜 거짓말을 하지? 싶었지만 나도 눈치껏 그냥 넘어갔다. 엄마가 부끄러워 그랬다는 생각은 들지 않는다. 그 마음을 뭐라고 표현할 수 있을까. 형제가 딸 셋에 아들 하나요, 라고 말했을 때 대놓고 "부모님이 아들 낳으려고 했구나."라고 말하는 사람들의 이야기를 듣는 내 기분과 비슷하지 않았을까. 그 말을 들으면 마치 우리 자매들이 뽑기에서의 '꽝' 종이처럼 느껴졌다. 하지만 정작 집안에서 우리들은 '꽝' 취급을 받은 적이 거의 없다.

영화 〈가족의 탄생〉에는 두 가족이 나온다. 문소리의 남동생(엄태웅)은 스무 살가량 많은 여자(고두심)를 데려오고, 그 여자에게는 전남편의 전부인이 낳은 어린 딸이 있다. 공효진은 사이가 좋지 않은 엄마가 암으로 죽어, 아빠가 다른 스무 살 어린 남동생을 키운다. 이처럼 두 가족 모두 평범하지 않지만 평범하지 않다고 해서 비정상이라고 할 수는 없다. 가족의 형태에 정상, 비정상이 어디 있겠는가? 하지만 여전히 사회에서는 가족의 형태를 두고 정상과 비정상을 가른다. 그래서 남들과 다른 가족 구성 때문에 고민하고 있는 아이들이 적지 않다.

부모의 이혼, 재혼과 관련해 고민을 하는 아이들을 종종 만난다. 아이들은 친구에게 부모님이 이혼했다는 이야기를 비밀로 하고 있다거나, 엄마가 재혼을 해서 속상하다는 이야기를 어렵게 꺼냈다.

〈가족의 탄생〉은 2006년에 개봉했는데, 이 영화를 두고 시대를 앞서갔다는 평가를 많이 한다. 요즘은 비혼, 한 부모 가정, 재혼 가정이 많아지고 있다. 아마 앞으로는 더 늘어날 거다. 하지만 가족 형태의 변화를 사람들의 인식이 따라가지 못하고 있는 듯하다. 자신들이 알고 있는 가족의 형태가 아닐 때, 문제가 많을 거라며 편협하게 바라보는 사람들이 많다.

우리나라 사람들은 다른 가족 형태에 관해 참 관심이 많고, 간섭도 잘 한다. 자녀가 하나면 버릇이 없다거나 외로워 안 된다고 하고, 자녀가 셋 이상이면 돈이 많이 드는데 어찌 다 키울 거냐고 돈을 보태 줄 것도 아니면서 걱정 아닌 걱정을 한다. 이혼한 가정의 아이들은 어떨 거라는 둥, 동성 커플은 사회 질서를 망가뜨린다는 둥 이래라저래라 참 말들이 많다.

나는 되묻고 싶다. 소위 말하는 평범한 가족 구성원이면 전혀 문제가 없느냐고. 형태가 달라서 고민인 게 아니다. 저마다 가족들에게는 다 문제가 있게 마련이다. 기타노 다케시의 "가족은 누가 보지만 않으면 내다 버리고 싶은 존재."라는 말을 듣고 고개를 끄덕이는 사람들이 많다.

제각각 가족이에요

가족의 처지와 사정은 저마다 다르다. 갈등 없이 지내는 가족을 거의 못 봤다. 크고, 더 크고의 차이만 있을 뿐이다. 생각해 보면 친구들끼리 만나 주로 하는 이야기가 가족 이야기다. 학창 시절에는 형제와 부모님에 대해 이야기했고, 결혼을 해 새 가정을 꾸몄을 때는 또다시 배우자와 배우자로 인해 얻은 가족, 자녀에 대한 이야기들을 한다.

내가 나 자신조차도 이해 못 하고 못마땅할 때가 있는데, 타인은 오죽할까. 가족 안에는 부모 자식 간의 갈등, 형제간의 갈등, 부부간의 갈등들이 모여 있다. 이해가 도저히 안 가지만, 어쩔 수 없이 봉합하면서 지내야 할 때가 많다. 부모는 영원히 부모고, 자녀는 영원히 자녀다. 형제들도 마찬가지다. 훗날 자녀가 자라 부모가 되더라도, 자기 부모의 부모가 되는 게 아니다. 그렇기에 결국은 다른 가족이 서 있었던 지점을 완전히 이해하거나 알 수는 없다.

십 대들의 가족 고민을 들으면서 먹먹해질 때가 있다. 부모의 간섭이나 공부 강요로 힘들다거나, 형제 때문에 짜증난다는 고민은 내가 십 대 때 겪었던 것과 크게 다르지 않아 편하게 답을 해 줄 수 있다. 하지만 할머니 댁에 자신을 데려다 놓은 후 연락이 되지 않는 부모님의 이야기라든지, 부모님이 이혼한 후 엄마를 보고 싶은데도 만날 수 없다는 이야기를 하는 아이들에게는 어떤 말을 해 줘야 할지 잘 모르겠다. 부모인 어른들은 자신들이 선택한 상황이지만, 아이들 입장에서는 그런 상황들을 자신이 선택한 게 아니다.

그나마 다행인 건 사람은 자신이 태어난 가족 환경 그대로 살아가지 않는다. 어른이 되면서 두 번째 가족을 이룬다. 변화 없이 부모와 계속 같이 사는 걸 선택하기도 하고, 결혼을 하여 전혀 새로운 가족들을 맞이하기도 하고, 혼자 1인 가족으로 사는 경우도 있다. 최소한 어른이 되고 나서의 가족은 자신이 고르고 만들 수 있다. 만약 첫 번째 가족 환경이 만족스럽지 않았다면, 두 번째 가족은 스스로의 선택으로 새롭게 만들 수 있다. 가끔 현재의 어려운 가족 환경이 영원할까 봐 걱정하는 아이들을 본다. 하지만 시간이 지나고, 나는 자라고, 새로운 환경을 만나기 마련이다. 이게 내가 해 줄 수 있는 최대의 조언이다. 그리고 이건 진짜다. 실제로 어렸을 적에 부모와 문제가 많았지만, 새로 만든 두 번째 가족 환경 속에서 편안함을 느끼고 잘 살고 있는 사람들을 꽤 많이 봤다. 그 이야기들을 여기에서 할 수 없다. 가족 이야기는 해도 해도 끝이 없으니까, 그렇다면 지면이 모자라도 너무 많이 모자라니까.

모쪼록 우리나라의 무거운 가족주의는 좀 약해졌으면 좋겠다. 부모-자녀의 동반 자살은 한국에서만 나타나는 현상이란다. 부모가 자녀를 자신의 소유물로 생각하기에, 자신이 죽으면 자녀의 인생도 편치 않을 거라는 생각을 해서다. 사실 이 명칭은 동반 자살이 아닌, '자녀 살해 후 자살'이 맞다.

부모와 자식이 각자 자신의 인생을 살아야 한다. 무거운 가족주의는 가족을 하나로 뭉뚱그린다. 그래서 "우리 가족 일이니까 상관 마."라고 이야기하고, 남의 가정 일에 신경을 쓰지 못하게 만든다. 가정 내 폭력 등의 문제는 가족 내의 질서와 사정이 아니라, 개인의 인권으로 접근해야 한다. 개인은 가족보다 우선되어야 한다.

3, 40년 후에는 가족의 형태와 의미가 어떻게 변화될지 모

르겠다. 그때 나는 어떻게 살고 있으려나. 지금 가족 환경 그대로 살 수도 있고, 1인 가구로 살 수도 있고, 세 번째 가족을 만들 수도 있고, 양로원에 들어가 공동체 생활을 할 수도 있다. 생각보다 꽤 여러 가지 가정의 수가 있구나. 그때 이 글을 다시 봐야겠다.

문득 미래의 내 가족들이 궁금해진다.

04...

잘 먹고 잘살 수 있을까?

미래의 진로가 너무 걱정될 때

첫 번째 이야기

등수가 그렇게 중요해요?

: 정지우의 영화 〈4등〉

• • •

제목만 보고는 도저히 무슨 내용인지 짐작 가지 않는 영화가 있는 반면, 제목이 내용의 모든 걸 말해 주는 영화가 있다. 영화 〈4등〉이 바로 후자의 이야기다. 수영 선수인 준호는 초등부 남자 200m 자유형 대회에 출전해 '또' 4등을 한다. 아들의 입상을 바라는 엄마는 메달을 따게 해 준다는 코치를 수소문해 찾아가 준호를 가르쳐 달라고 부탁한다. 그리고 준호는 처음으로 2등을 하게 된다. 준호의 입상에 가족들은 파티를 열었고, 남동생이 묻는다.

"형, 맞고 해서 잘한 거야? 예전에는 안 맞아서 4등 한 거야?"

운동 대회에서 메달은 3등까지만 받을 수 있기에, 4등은 아무 의미가 없다. 4등이나 꼴찌나 메달을 못 딴 건 마찬가지다. 하지만 4등은 훨씬 아쉬울 거다. 아주 조금만 잘하면, 딱 한 명만 더 이겼으면 메달을 딸 수 있었을 테니까.

그래서인지 영화 속 준호의 엄마는 포기를 못 한다. 대회가 끝난 후 준호는 함께 출전한 친구들과 웃고 떠들지만, 엄마는 깊은 한숨을 내쉬며, 준호를 닦달한다. 너 바보냐고, 지금 먹을

게 입으로 들어가느냐고 화를 낸다. 준호는 나름대로 열심히 하고 있다고 항변하지만, 4등이라는 결과물로는 과정을 인정할 수 없다. 새로운 코치를 만난 준호는 엄마의 소원대로 입상한다. 그것도 3등이 아닌 2등으로.

재밌는 건 엄마는 절대 2등이라고 표현하지 않는다. 2등이라는 단어가 엄연히 있음에도 불구하고, 엄마는 2등 대신 '거의 1등', '1등이나 마찬가지'라고 말한다. 그런 엄마의 태도에, 이번에는 엄마가 아닌 준호가 한숨을 내쉰다. 입상만 바란다는 엄마의 말이 거짓이란 게 들통났으니까. 이제 준호는 1등을 하기 위해 달려야 한다.

세상에 너무 많은 준호들

준호의 엄마를 보며 숨이 턱턱 막혔다. 아들이 코치에게 얻어맞는 것을 알면서도 입상을 위해 모르는 척하고, 코치가 어떤 사람인지 뻔히 알면서도 다시 코치를 찾아가 준호를 가르쳐 달라 부탁한다. 준호가 수영을 포기하자 동생 기호를 학원으로 보내면서 집착한다. 오죽하면 수영 코치는 엄마에게 준호가 메달

딸 수 있는 방법으로 "네가 없으면 딴다."라고 말했겠는가. 저런 엄마가 어디 있어, 너무 과장되게 표현했어, 하고 속으로 생각하는데, 작년에 부산에서 만났던 중학생 여자아이가 떠올랐다.

강연이 끝난 후 아이들이 하는 질문은 거의 비슷하다. 진로에 관한 질문 중 가장 많이 나오는 건 "제 꿈을 부모님이 반대하면 어떻게 해야 하나요?"다. 그 여학생도 그 질문을 했는데, 좀 이상했다. 전혀 울 분위기가 아닌데, 심지어 다른 아이들이 희희낙락거리고 있는데 뜬금없이 울먹이면서 물었기 때문이다. 강연이 끝난 후, 여자애가 질문을 하게 된 사연과 우는 이유를 자세히 알 수 있었다.

여자애는 실용 음악을 배우고 싶은데, 엄마는 쉽게 허락해 주지 않았다. 대신 조건을 내세워 전교 10등 안에 들면 실용음악 학원을 다니게 해 준다고 했고, 여자애는 학원을 다니고 싶어 열심히 공부를 했다. 여자애는 약속대로 전교 10등 안에 들었지만, 엄마는 말을 바꿨다.

"전교 5등 안에 들면 보내 줄게."

여자애가 울었던 이유는 질문을 할 때 옆자리에 자기 엄마가 함께 있었기 때문이었다. 여자애가 전교 5등 안에 들었을지 못

들었을지는 모르겠지만, 왠지 그 엄마는 또 약속을 지키지 않았을 것 같다. 딸의 성적이 좋으면 좋을수록 예체능 쪽으로 나가는 게 더 아깝다고 여길 테니까 말이다.

영화 속 준호의 엄마와 부산에서 만난 여학생의 엄마를 이해 못 하는 건 아니다. 준호 엄마의 말처럼 자식이 '꾸리꾸리'하게 살까 봐 걱정돼서 그런 거니까. 하지만 맞아 가면서까지 1등을 하고, 자신이 좋아하는 일을 포기하면서 지키는 전교 등수는 무슨 의미가 있을까 싶다.

우리가 소도 아닌데

내가 고등학생 때까지만 하더라도, 반 아이들의 성적표를 교실 앞 게시판에 붙였다. 누구 수학 점수가 몇 점이고, 영어 점수가 몇 점인지뿐만 아니라, 반에서 1등부터 45등이 누군지 반 아이들 모두가 다 알 수 있었다. 나의 앞 세대는 전교생들이 다 보는 복도 게시판에 전교 등수를 1등부터 300등까지 적어 놨다고 하니, 우리 때가 조금 더 나았던 것 같긴 하다. 하지만 지금 생각해 보면, 그거나 이거나 도긴개긴으로 참 말도 안 되는 제도였다.

요즘은 인권 침해 등의 문제로 게시판에 성적표 공개는 하지 않는다. 하지만 사회에서 순위와 등급 매기기는 여전히 행해지고 있다. 수능 입학 점수에 따라 대학 앞글자만 따서 원소나 왕조 순서 외우듯 외우질 않나(이걸 두고 종종 각 대학에서 싸움이 나기도 한다. 우리 대학이 먼저니, 너희 대학이 뒤니 하며 말이다), 아파트 값을 기준으로 동네를 평민부터 황제까지 등급을 매겨 놓은 표

도 있다.

최근에는 부모의 경제력을 바탕으로 금수저, 은수저, 흙수저라는 용어까지 나왔다. 어린아이들의 입에서 자기는 무슨 수저니, 하는 말이 나오는 걸 보면 꽤 많이 씁쓸하다. 학교 강연을 갔을 때 내게 무슨 수저냐고 질문을 한 아이들도 여럿 있었다. 기성세대가 만들어 놓은 평가 기준인 학력, 재산을 아이들이 의심하지 않고 그대로 답습하고 있다. 어른으로서 미안하기도 하고, 화가 나기도 한다.

객관적인 숫자로 순위를 좀 매긴다는데 뭐 그렇게 까칠하게 굴 게 있냐고 물을지도 모른다. 하지만 그 순위에 다른 '의미'와 '가치'가 동반하기에 문제가 된다. 순위화, 등급화된 사회 속에서 사람들은 착각한다. 높은 순위에 있는 대학을 나오거나 돈을 많이 버는 사람들은 자신이 1등급이고, 그렇지 못한 사람은 2등급, 3등급이라 생각한다. 반대편에서는 자신이 1등급이 아니라며 자책하는 목소리도 들린다. 우습게도 소고기나 우유에 매기는 등급을 사람들이 자신에게 스스로 매기고 있다.

그러다 보니, 1등급이 다른 등급보다 특별하고 잘났다고 착각하여, 자신의 기준에서 낮은 등급에 있다고 여기는 사람들을 무시하거나 함부로 대하는 경우가 생긴다. 한창 문제가 된 '갑질'이 바로 여기서 비롯되었다(원래 갑-을은 수평적 나열인데, 어느새 우리 사회에서 수직, 주종의 의미로 변질되어 사용되고 있다). 사람이 사람을 대할 때, 인간 대 인간이 아니라 1등급 대 2등급, 혹은 A등급 대 B등급으로 만나게 되면 갑질은 영원히 사라지지 않는다.

등급을 매기는 건 고기나 우유에만 했으면 좋겠다. 사람은 소가 아닌데, 그래도 사람으로 태어났으면 소와는 다르게 살아야 하는 게 맞을 텐데, 스스로를 소로 여기는 사람들이 너무나 많다.

지금은 네거티브섬 게임 중

친한 언니가 대학에서 강의를 하는데, 수업 중에 학생들에게 '학벌 위주의 사회'에 대해 어떻게 생각하느냐고 물었단다. 대학생들 사이에서 학벌을 두고 소모적인 논쟁을 하는 걸 화두로 삼기 위해서다. 그런데 한 학생이 손을 들더니 "저희보다 윗 대학 아이들이 다 죽었으면 좋겠어요."라고 했고, 다른 학생들이 그 말에 놀랄 줄 알았더니 웬걸, 나머지 학생들이 "맞아요." 하며 그 말에 동조했다는 거다.

지금 많은 이들이 순위화, 등급화를 문제 삼기보다 그걸 당연하게 받아들이고, 나아가 경쟁 구도를 자처하고 있다. 물론 경쟁이 나쁘기만 한 건 아니다. 경쟁을 통해 더 노력하여 발전할 수 있다는 장점도 있다. 하지만 현재 우리는 의자 뺏기를 하고 있다. 여전히 계층 갈등은 문제가 되고 있다. 경제적 양극화가 더 심화된다면, 과연 기득권층에게는 이익만 있을까? 순위 매기기 싸움에서 다시 '거의 2등'은 1등이 되려고 하지 않을까? 이러한 경쟁은 모두에게 전혀 이롭지 않다. 지금 우리들은 제로섬 게임을 넘어서, 네거티브섬 게임(모두가 얻은 이익보다 손실 크기가 큰 것을 말함) 중이다.

새로운 고민의 시작

내게 "선생님은 무슨 수저예요?" 묻는 아이에게, 나는 한 번도 생각해 보지 않은 문제이고, 앞으로도 생각하지 않을 거라 대답했다. 왜냐하면 내가 들고 있는 수저의 색깔이 중요하기보다, 내가 먹고 싶은 음식이 무언지가 더 중요하니까. 금수저를 들고 태어났다고 금만 먹고 사는 것도 아니고, 흙수저를 들고 있다고 흙만 먹는 건 아니다. 수저 등급의 분류 기준은 딱 하나 '돈'일 뿐인데, 돈으로만 사람을 평가하는 건 너무 천박한 사고가 아니냐고, 돈을 기준으로 사람을 평가하는 사회는 발전할 수 없다고 나는 덧붙였다.

이 대답을 하고 집에 돌아오는 길에 나는 무언가 개운치가 않았다. 그 천박한 사고가 사회와 사람들을 지배하고 있고, 그로 인해 피해를 보는 사람이 분명히 있으니까 말이다. 가령 로스쿨 부정 입학 같은 경우가 여전히 벌어지고 있다. 이건 분명히 잘못된 일이다. 전혀 공정하지 않다. 그렇기에 우스개라고 치부할 수 없는 수저 이야기가 나왔을 것이다.

한 명의 개인이 순위화, 등급화를 문제 삼는다고 하여 사회가 금방 바뀌지는 않는다. 하지만 우리의 진정한 고민은 바로 이 지점에서 시작되어야 한다. 금수저, 흙수저 분류를 듣고 지금 나는 무슨 수저일까 고민하는 대신, 수저론이 문제가 되는 이유가 무언지, 문제가 된다면 이걸 어떻게 없앨 수 있을지 고민해야 한다.

십 대들이 “사회는 원래 그래.”, “어쩔 수 없지 뭐.”라는 말 대신 “틀렸어.”, “잘못됐어.”라고 반박을 했으면 좋겠다. 기성세대인 어른들이 만들어 놓은 유익하지 않은, 아니 해로운 관습과 제도에 의문을 제기하고 바꿔 나갔으면 좋겠다. 그래서 지금의 십 대들이 자라 기성세대가 되는 그날에는 상대가 살아야 나도 사는, 모두에게 이익이 되는 포지티브섬 게임이 가능한 사회가 되길 간절히 바란다.

부디 세상의 준호들이 자라서 준호의 엄마가 되지 않길.

두 번째 이야기

포기해도 될까요?

: 백승화의 영화
〈걷기왕〉

• • •

한 중학교에 강연을 갔는데, 도착해서야 전교생이 60여 명에 불과하다는 걸 알았다. 외곽에는 작은 학교가 많기에 그런가 보다 했다. 그런데 이 학교는 일반 학교와 달랐다.

담당 선생님이 "여긴 FC 유소년 학교예요."라고 설명을 해 주셨다. 잘 몰라서 그게 뭐냐고 물어보니, 축구 선수가 되기 위한 아이들이 클럽을 만들어 생활을 하며 학교를 다니고 있다고 했다. 원래 이 지역에 살고 있는 아이들이 아니고, 축구 클럽 때문에 가족과 떨어져 모여 살고 있는 거였다.

'축구를 위한 아이들이 모여 학교를 다니다니!'

내 눈은 반짝였다. 이건 청춘 만화나 소설에 등장하는 줄로만 알았는데. 게다가 아이들에게 위시 리스트를 써 보라고 하면서, 내가 "나는 박지성과 조기 축구를 할 거다."라는 걸 예시로 들자, 아이들이 한 아이를 가리키며 "얘네 사촌 형이 박지성이에요."라고 했다. 내가 그토록 좋아하던 소년 만화가 현실에 있었다. 여기가 바로 《슬램덩크》구나. 얘네가 《하이큐》의 주인공들이구나.

영화가 아니라 현실

한 시간의 강연이 끝나고 쉬는 시간이 되었다. 몇몇 아이들이 몰려와 내가 쓴 책을 가리키며 이게 선생님이 쓴 거냐고, 무슨 내용이냐는 한두 가지 질문을 던졌고, 나는 아이들에게 몇 배나 더 많은 걸 물었다. 너희들 하루에 몇 시간씩 연습하느냐, 그럼 나중에 FC 입단하는 거냐, 가족과 떨어져 생활하는 건 어떠냐 등등. 현실에서 만난 스포츠물의 주인공들은 너무나 반가웠고, 신기했다. 나는 항상 이런 특별한 아이들이 모여 있는 학교를 꿈꿨으니까. 그런데 한 아이가 쭈뼛거리며 내 옆을 맴맴 돌았다. 다른 아이들이 다 가 버리고 나자, 그 아이는 내게 다가와 말했다.

"선생님, 저는 축구하는 거 정말정말 싫거든요. 너무 힘들어요. 재미도 없고요. 그런데 엄마가 계속하래요. 아, 진짜 하기 싫어요. 죽을 만큼 싫어요. 저 어떡해요?"

이제까지 내가 본 스포츠물에는 이런 고민을 하는 아이는 없었다. 앞에서 예로 든 스포츠 만화나 《한순간 바람이 되어라》나 《다이브》의 소설 속 인물들은 엄청난 재능을 갖고 태어나거나, 그에는 미치지 못하지만 누구보다 열정이 넘쳐서 운동하는 걸 좋아했다. 하지만 내 앞에 있는 아이는 스포츠물에서 보던 인물이 아니었고, 내가 서 있는 곳은 현실이었다. 그렇기에 나는 곧바로 대답을 해 주었다.

"그럼 하지 마. 네가 그렇게 힘들면 안 하는 게 맞아."

내 답변을 듣고 있던 아이는 어리둥절한 표정이었다. 원하는 대답이 아니었던 걸까? 아이는 다시 내게 말했다.

"하지만 엄마가 계속하라고 한단 말이에요."

"네가 죽을 만큼 하기 싫다며?"

"네."

"그러면 꼭 안 해도 돼."

나는 아이에게 네 마음을 엄마에게 한번 말해 보라고 했고, 아이는 잠시 생각을 하더니 자리로 돌아갔다.

어쩌면 그 아이는 슬럼프에 빠져 투정을 부리는 거였는지도 모른다. 그렇기에 여느 다른 어른들처럼 "그래도 참고 해야지. 여기 아무나 올 수 있는 곳 아니잖아. 누구나 다 힘든 때가 있어. 이 정도도 못 참고 어떻게 해? 조금만 더 힘내."라고 말했어야 했던 걸까? 하지만 난 그러지 못했다. 그건 내 진심이 아니니까. 나는 십 대 아이들에게 자주 말한다. 너무 힘들면 하지 말라고. 그런 일은 안 해도 된다고.

그래, 나도 안다. 세상에 쉬운 일만 있지 않다. 쉬운 일만 골라 할 수 있는 사람은 별로 없다. 하지만 힘듦에도 강도가 있다. 그 과정이 힘들긴 하지만, 얻는 결과의 기쁨이 더 크기에 하는 일들이 있다. 공부라거나 다이어트 같은 일. 중, 고등학생 때 내가 공부를 했던 건 공부가 재밌어서가 아니다. 그때 나는 서울로 대학을 가서 집을 탈출(?)하고, 멋진 남자 친구를 사귀고 말 거라는 일념이 있었다. 먹을 것을 너무 좋아하는 내가 한때 다이어터가 되었던 것도 살을 뺀 후의 모습을 상상했기 때문이다. 그런데 만약 그 과정이 너무 힘들었다면, 나 자신을 숨도 못 쉴 정도로 고통스럽게 했다면 나는 하지 않았을 거다.

언제까지 작가 생활을 할 거냐는 물음에 나는 주저하지 않고 대답한다. 내가 재밌을 때까지만 할 거라고. 물론 글을 쓰는 게 힘들 때도 있지만, 그래도 힘든 것보다 좋은 게 더 많아 아직은 하고 있다고. 하지만 만약 글을 쓰는 게 나를 고통스럽게 한다면, 나는 당장이라도 그만둘 거다.

교우 관계 때문에 심각하게 고민하는 아이에게 "다들 그러면서 학교 다녀. 좀 버텨 봐."라고, 운동하는 하루하루가 숨을 막

히게 해서 죽을 것 같다는 아이에게 "인내는 쓰고, 열매는 달다."라는 말이 나는 오히려 더 무책임하다고 생각한다. 그건 너무나 잘못된 가르침이다. 상사의 폭언을 견디지 못하고 자살한 삼십 대 청년, 가정 폭력에 시달리다 역시 극단적 선택을 한 40대 여성에게 고통스러우면 그만둘 줄 아는 방법이 있다는 걸 가르쳐 주었다면 어땠을까. 이건 내 지나친 비약일까.

"안 할래요."

FC 유소년 학교에 다녀온 이후, 포기에 대한 소설이나 영화가 없을까 찾아봤다. 그런데 거의 없었다. 모두가 힘을 내라고, 조금 더 해 보라고 말한다. 소설이나 영화조차도. 그러던 가운데 아주 반가운 작품을 만났다. 백승화 감독의 〈걷기왕〉이란 영화였다.

만복이라는 여고생은 선천성 멀미 증후군으로 왕복 4시간을 걸어서 학교에 다닌다. 만복이는 걷는 걸 좋아한다. 담임 선생님은 만복이의 사연을 알고는 만복이가 걷기에 뛰어난 재능이 있다며 경보부 입단을 권유한다. '꿈을 향한 열정과 간절함'을 강조하는 선생님의 응원을 받고 만복이는 경보부에 들어가고, 자신도 잘할 수 있는 일이 있다는 사실에 열심히 경보를 한다. 경보부에는 만복이를 마땅찮게 여기는 선배가 있다. 한때 육상부였지만, 다리 부상으로 대신 경보를 하는 수지다. 하지만 수지는 만복이와 티격대다가 결국 좋은 러닝메이트가 된다.

경보 선수에 소질을 보이는 만복이지만, 그녀에게는 치명적인 단점이 있다. 대부분의 경보 대회는 차를 타고 몇 시간씩 가야 하는 곳에서 열린다는 사실. 차를 타고 가던 중에 만복이는 토하고 아파 대회에서는 좋은 성적을 내지 못한다.

서울에서 열리는 대회를 앞두고 만복이는 중대 결심을 내린다. 서울까지 걸어가기로! 다들 반대하지만, 만복이는 걷기 시작한다. 수지도 만복이와 함께하기로 한다. 사실 수지는 경보를 계속 하면 위험하다는 의사의 경고를 무시한 상태다. 서울로 가는 길에 만복이는 수지의 비밀을 알게 된다.

도대체 우리는 왜 걷는가. 무엇을 위해 걷는가. 만복이는 발에 물집이 잡히고 피가 나며 우여곡절 끝에 대회장에 도착하고, 정작 대회장에서는 걷다가 벌러덩 누워 버린다. 그리고 한

안 할래요.
...
9
3
32

마디 남긴다.

"안 할래요."

만복이가 대회에서 수상을 하고 걷기왕이 되었다면 이제까지의 다른 영화와 별다를 것 없는 시시한 작품으로 끝났을 거다.

물론 힘들다고 다 그만두라는 건 아니다. 내 말을 오독하여, 힘들까 봐 해 보지도 않고 미리 짐작하여 아예 안 하는 일은 없었으면 좋겠다. 하다가 정 힘들면 그만둬도 된다는 거다. 이미 시작을 했기에, 너무 멀리 와 버렸기에 그만두지 못하는 사람들이 아주 많다.

A 언니의 남자 친구는 대학 졸업 후 7년째 공무원 시험을 보았지만 계속 되지 않았다. 다음에는 붙을 수 있을 거야, 이제까지 투자한 시간이 얼마인데, 하는 생각 때문에 시험을 포기하는 건 쉽지 않았다. 그러다가 결국 서른 중반이 되어 포기하고 취업을 했다. 시험 준비 상태에서 언제까지 결혼을 미룰 수는 없었다. 남자 친구는 뒤늦게 A 언니에게 고백했다고 한다. 그만두라고 해 줘서 고맙다고.

인생은 생각보다 길거든

일본의 영화감독이자 배우, 코미디언인 기타노 다케시를 나는 무척 좋아한다. 그가 만든 〈기쿠지로의 여름〉을 사랑하고, 그의 과장되지 않은 코미디 연기를 좋아한다. 그는 에세이도 꽤 많이 썼는데, 기존 어른들이 들려주던 이야기와는 달랐다. 《생각 노트》라는 책에서 그는 누구에게나 무한한 가능성이 있다는 전제는 결국 모든 실패는 노력이 부족한 탓이라는 결론으로 이어진다는 사실을 지적했다. "더 노력하면 잘할 수 있다. 오늘 진 것은 노력이 부족했던 것뿐이다." 아이들에게 계속 그렇게 말하는 것은, 싹수가 노란 만화가 지망생의 귓가에다 "열심히만 하면 언젠가는 잘될 거야."라고 속삭여 주는 것과 같다. 이것은 애정도 뭣도 아니다. 아무리 노력해도 안 되는 놈은 안 된다, 라고 했다(너무 좋아서 그대로 갖고 왔다). 노력하면 다 된다는 말은 사실 거짓말이다. 안 되는 건 안 된다. 안 되는 게 슬픈 게 아니라, 안 되는 걸 계속 하는 게 더 슬프다. 해 보다가 도저히 아니다 싶으면 그만두는 게 낫다.

이 밖에도 그의 책에는 밑줄을 긋고 싶은 구절이 아주 많다. 책을 읽고 난 후에 왜 우리나라에는 기타노 다케시 같은 솔직하고 제대로 된 말을 해 주는 어른이 없나 한탄이 들 정도였다.

해 봐서 안 되면 다른 일을 찾으면 된다. 그리고 힘들면 잠시 쉬어도 된다. 그 정도의 여유쯤은 자기 자신에게 줄 수 있으면 좋겠다. 인생은 생각보다 길고, 굽이굽이 가야 할 곳이 많다. 아오노 슌주의 《아직 최선을 다하지 않았을 뿐》이라는 만화에는 마흔 살이 훌쩍 넘어 만화가를 지망하는 오구로가 나온다. 그는 패스트푸드 점에서 아르바이트를 하며 만화를 그리는데, 습작으로 그린 만화 중에 《인생 300년》이란 게 있다. 오구로는 말한다. 아직 그렇게까지 산 사람이 없어서 그렇지, 어쩌면 인생은 300년씩 될지 모른다고. 그렇다면 자신이 하고 싶은 일을, 좋아하는 일을 해야 한다고 말했다. 그렇게 긴긴 인생 재미없는 일을 하고 살면 얼마나 슬프냐며 말이다. 물론 이 만화 속에서 《인생 300년》이란 작품은 택도 없다며 데뷔하지 못했지만.

힘들면 하지 마

최근에는 10여 년을 넘게 친구로 지냈던 사람과 절교를 했다. 친구로 지내며 서로 좋았던 일도 많았지만, 나에게 상처 주는 말을 많이 했다. 10년을 넘게 참고 참았다. 시간이 지날수록, 이제까지 함께한 시간이 얼만데 어찌 친구 사이를 끊을 수 있겠냐는 아쉬움이 컸다. 하지만 그 친구로 인해 내가 힘들 때가 많았고, 고민 끝에 연락을 주고받지도 만나지도 않고 있다. '애들도 아니고 무슨 절교를 한담?'이라고 생각할지 모르겠지만, 오히려 어른이 더 절교를 많이 한다(내가 그 친구 이야기를 하자, 어른인 사람들이 내게 다들 그만 만나라고 했다). 학창 시절에는 인위적으로 같은 학교, 같은 반에 묶여 있어 그게 쉽지 않을 뿐이다.

그 친구와 멀어지고 나니, 그 친구에 대한 미움도 사라졌다. 훗날엔 후회할지 모르겠지만, 지금은 잘했다 싶다. 상처 때문에 미워하는 상태로 만나는 것보단, 좋았던 과거를 추억하며 떨어져 있는 상태가 나으니까.

결론은, 너무 힘들면 안 해도 된다. 공부도, 일도, 운동도, 친구도 모두.

세 번째 이야기

나도 주인공이 되고 싶다고요!

: 이노우에 다케히코의 만화
《슬램덩크》

• • •

이번 글의 테마가 된 이야기의 간략한 줄거리를 소개하려고 했지만, 몇 번을 쓰다가 지웠다. 《슬램덩크》를 어찌 몇 줄로 설명할 수 있을까?

'농구를 좋아하지도 않고 해 본 적 없는 고등학생 강백호는 첫눈에 반한 채소연의 "농구 좋아하세요?"라는 한마디에 엉겁결에 농구부에 들어가게 된다. 농구 경기의 룰도, 기본 동작도 모르는 강백호는 조금씩 농구를 배워 가며 진짜로 농구를 좋아하게 되고, 진정한 바스켓 맨으로 성장한다!'

역시나 이 두 문장은 《슬램덩크》를 모두 담기에는 너무나 조악하다.

한참을 고민했다. 그렇다면 《슬램덩크》를 어떻게 소개할 수 있을까?

강백호의 이야기.

그래, 이 한마디면 됐다. 《슬램덩크》는 강백호다.

그 시절 우리가 사랑했던 소년

아마 내가 중학교 3학년 때였을 거다. "오늘부터 SBS에서 슬램덩크 나온대!" 몇몇 친구들이 호들갑스럽게 만화 방영 소식을 알려 왔다. 고작 텔레비전에서 만화 하는 걸 가지고 이 난리라니, 난 그 아이들이 이해가 가지 않았다.

물론 나도 초등학생 때까지만 하더라도 학교 끝나고 집에 돌아와 텔레비전 앞에 앉아 만화를 보는 게 삶의 낙 중 하나였다. 하지만 중학생이 되면서 텔레비전에서 하는 만화는 왠지 유치하게 여겨졌고, 〈포켓몬스터〉니 〈천사소녀 네티〉니 〈세일러문〉이니 하는 만화 영화를 하나도 보지 않았다(아, 그럼에도 불구하고 나는 〈세일러문〉 주제가를 아직도 외우고 있다. 중 2때 우리 반 반장은 이 애니메이션의 광팬이었다. 반가를 이 애니메이션의 주제곡으로 해야 한다고 우겼다. 덕분에 20여 년이 흐른 지금도 〈세일러문〉 전주만 나오면 따라 부를 태세를 취한다). 텔레비전 만화는 초등학생들이나 보는 거라며, 나는 고고하게 앉아 천계영과 박희정의 만화책을 읽었다.

내가 별 반응을 보이지 않자, 내 짝이었던 L은 《슬램덩크》는 다르다며, 내가 분명 좋아할 거라고 주저리주저리 《슬램덩크》 이야기를 했다. 이게 일본에서 엄청 인기를 끈 농구 만화인데,

한번 빠지면 헤어 나올 수 없다며 말이다. 농구부 이야기라 아주 조금 흥미롭긴 했다.

그 당시 농구대잔치(1983년부터 시작된 대한농구협회 주관의 농구대회)를 좋아하지 않은 여학생을 찾기가 더 어려울 정도로 농구는 인기 스포츠였으니까. 나는 순전히 농구 선수 우지원 오빠가 있다는 이유만으로 연세대에 가고 싶었다. 내가 대학을 입학할 때쯤 우지원 오빠는 어차피 졸업하고 없을 테지만, 농구부가 있다는 이유만으로 연세대는 나의 로망이었다! 이처럼 여중생의 진로 선택은 단순과 심오 사이에 놓여 있다. 뭐 결국 내가 연세대에 가지 못해 우지원 오빠가 졸업을 하건 말건 상관없어졌지만….

어쨌거나 《슬램덩크》가 '농구' 이야기라는 말에, 한번 봐 주지 뭐, 라는 마음으로 텔레비전 앞에 앉았다. 친구 L의 예언은 정확히 들어맞았다. 나는 1편을 보고 그대로 빠져 버렸다. 슬램덩크가 시작하는 6시에는 반드시 집으로 돌아와 만화를 보는 것뿐만 아니라, 녹화까지 했다(그 당시에는 우리가 왜 그렇게 비디오 테이프에 녹화를 해 댔는지 모른다. 다시 보기 위해서라기보다, 녹화를 하면 이제 이건 '내 거'라는 안도감 때문이었던 것 같다). 만화책 대여점을 찾아다니며《슬램덩크》를 빌려 읽었고, 용돈이 생기는 족족 한 권씩 사서 모았다.

실력이 좋지 않았던 북산고는 점차 대회에서 좋은 모습을 보여 준다. 원조 차도남이라 할 수 있는 농구 천재 '서태웅', 포기를 모르는 불꽃 남자 '정대만', 북산고의 중심을 잡아 주는 고릴라 주장 '채치수', 소질은 없지만 농구를 정말 좋아하는 안경 선배 '권준호', 단신의 약점을 극복한 '송태섭' 등《슬램덩크》속 인물들은 농구를 통해 성장해 나간다. 그리고 제일 중요한《슬램덩크》의 주인공 '강백호'. 농구 무식자에서 농구 천재로 거듭나는 강백호를 사랑하지 않을 수 있는 사람이 있을까? 다른 인물들도 충분히 매력 있지만, 강백호를 따라올 순 없다.

강백호는 입버릇처럼 "물론! 난 천재니까."라고 말한다. 후반에 진짜로 멋진 경기를 보여 주고 났을 때도 그 말을 하지만, 농구를 배우는 초기부터 너무나 기본적인 동작을 겨우 해내면서도 그런다. 처음에 농구부 동료들은 별거 아닌 걸 해낸 후 스스로 천재라는 말을 하는 강백호를 두고 뭐 저런 녀석이 다 있냐고 하지만, 점차 생각한다. 정말 저 녀석 강백호는 천재가 아닐까? 하고. 동료들은 강백호를 의심하는 게 아니라, 도리어 강백호를 우습게 본 자신을 의심한다.

가장 주인공다운 주인공

그래서 강백호네 팀이 전국 대회에서 우승을 하는지, 강백호가 NBA에라도 진출하는지 묻는다면 고개를 저을 수밖에 없다. 그 치열했던 전쟁 같은 농구 경기들은 고작 전국 대회 16강전까지 가는 과정이었다. 물론 전국 대회 16강전도 충분히 대단한 거지만, 이제까지 영화나 만화에서 다루어진 스포츠의 배경은 세계 올림픽이라든지 월드컵 정도는 되었다. 그렇기에 전국 대회 예선을 다룬 이야기라고 하면 시시하게 느껴질지도 모른다. 후에 나도 《슬램덩크》를 떠올리며 그런 생각을 했으니까.

《슬램덩크》의 연재 종료를 두고 이런 저런 말들이 많았다. 16강까지 가는 데 7년의 연재 기간 동안 31권이나 필요했다면, 우승까지 가려면 얼마나 더 많은 이야기를 해야 하느냐부터 작가와 편집부의 사이가 좋지 않아 연재를 중단했다는 루머도 있었다. 이야기 결말을 차치하고 《슬램덩크》의 팬들이 연재가 끝난 것을 아쉬워한 건, 그들이 우승까지 가지 못해서가 아니라 더 이상 그들을 보지 못해서였기 때문이 아니었을까. 《슬램덩크》에서는 옆 학교와의 친선 경기도 올림픽이나 NBA 못지않게 긴박하고 중요하게 표현했다. 경기의 규모나 볼륨이 뭐가 중요할까? 우리의 인생에서 중요한 건 남의 월드컵이 아니라, 내가 출전하는 조기 축구다.

《슬램덩크》를 보면서 난 한 번도 강백호를 의심하지 않았다. 뒤늦게 농구를 처음 배우면서 우쭐하는 강백호는 자칫 돈키호테 형의 캐릭터가 될 수도 있었다. 하지만 강백호가 농구를 배워 나가는 과정은 그를 허풍쟁이가 아닌, 독자가 진심으로 믿고 지지하고 싶은 주인공으로 만들었다. 강백호는 주변에서 만나는 인물들과 그가 겪어 가는 사건들을 통해 자신의 세계를 더욱 견고하고 튼튼하게 만들었으니까.

강백호는 말뿐만이 아니라, 정말로 스스로 천재가 되기 위해 노력하고 달렸다. 자칫 소홀히 넘길 수 있는 일들도 100퍼센트 자신의 것으로 체득했다.

또한 강백호는 현재, 지금을 매우 중요하게 여겼다. 나중에 무엇이 되기 위해 농구를 하기보다, 현재를 즐겼다. "물론! 난 천재니까."와 더불어 강백호의 명대사는 바로 "영감님의 영광의 시대는 언제였죠? 난 지금입니다!" 이다.

강백호는 《슬램덩크》 이야기 속에서뿐만 아니라 자기 세계의 명백한 주인공이었다. 《슬램덩크》를 보고 있으면, 모든 게 강백호를 중심으로 돌아간다는 생각을 할 수밖에 없다. 강백호는 세상의 중심을 자신으로 만드는 기적의 사나이였다.

십 대 시절, 나는 강백호를 너무 좋아하여 일기에 강백호를 흉내 낸 말을 자주 썼고, 강백호처럼 행동해야겠다고 다짐도 수시로 했다. 닮고 싶은 강백호가 있어서 나는 덜 흔들리며 십 대를 버틸 수 있었다. 강백호는 나의 등대이자 지침이었다.

원래 너는 주인공

"어떻게 하면 제 인생에서 주인공으로 살 수 있을까요?"

종종 십 대 아이들이 내게 이 질문을 한다. 처음에는 제대로 답을 해 주지 못했다. 무슨 이런 자가당착의 질문이 있을까 싶었다. 내 인생의 주인공은 당연히 나인데, 주인공이 어찌 주인공 노릇을 하느냐는 질문을 하다니. 이건 마치 영화 속 주인공이 어떻게 주인공 역할을 해야 하느냐고 관객에게 묻는 거나 다름없다. 그 질문을 받은 관객은 당황스러울 수밖에 없다. 관객이 기껏 할 수 있는 답변은 '당신이 주인공이니까 주인공답게 움직이세요.'가 아닐까.

십 대 아이들과 대화를 하다 보니, 왜 아이들이 이 질문을 하는지 알 수 있었다. 자신의 인생을 한 편의 영화라고 생각해 봤을 때, 자기 인생에 관여하는 조연들이 너무 많기 때문이다. 부모님, 선생님은 인생을 더 많이 살았다는 근거로 답을 정해 놓은 후 이래라저래라 하고, 친구들을 보면 나보다는 잘 살고 있는 것만 같다. 그렇기에 주변 인물들의 이야기에 너무 많이 신경을 쓰고, 자기 중심을 못 잡는 아이들이 많다. 그런데 실은 나도 그렇게 살고 있었다.

내가 너무나 사랑했던 《슬램덩크》와 강백호를 나는 잊고 지냈다. 내게 《슬램덩크》 만화책을 빌려가 돌려주지 않은 친구 P의 탓만은 아니다. 이런저런 일을 겪으면서 스스로에게 잘했다는 말을 하지 않았고, 다른 사람과 비교하며 위축되었다. 뭔가에 도전하기 전에 과연 이게 잘될 수 있을지 계산하기 바빴다.

해 봤자 안 될 거야, 해 봤자 뭐 해, 하는 생각을 자주 했다. 어느샌가 내 안의 강백호는 사라져 버렸다.

강백호를 다시 떠올린 건 중학교 도서관에서다. 나이 든 사람들의 '우리 땐 안 그랬는데.' 식의 이야기를 나는 꽤 싫어하는 편인데, 이번만 하고 넘어가야겠다.

요즘 중, 고등학교 도서관을 가 보면 참 부럽다. 내가 학교를 다닐 때의 도서관은 항상 문이 잠겨 있었고 어쩌다 한 번 개방하면 그 안에는 퀴퀴한 냄새가 나는 책들이 그득했다. 하지만 요즘 학교 도서관은 분위기도 밝고 장서 보유량도 많다. 무엇보다 만화책까지 구비한, 책에 관한 포용력이 참 좋다. 1990년대만 하더라도 학교에 만화책을 가지고 가면 압수당했고, 만화를 유해하다고 여기는 선생님들이 대부분이었다.

지금의 학교는 좋은 만화책이라면 구입을 하는 듯하다. 중학교 도서관 서가에 꽂혀 있는 《슬램덩크》를 꽤 자주 봤다. 하지만 농구 붐과는 거리가 멀어서인지, 《슬램덩크》를 잘 모른다는 십 대들이 많아 안타깝다. 《슬램덩크》를 보고 강백호를 꿈꾸는 아이들이 많아졌으면 좋겠다.

주인공이면 주인공답게

얼마 전 강연을 간 중학교에서 한 여학생이 물었다.

"선생님, 저는 미용사가 되고 싶은데, 제 꿈을 반대하는 사람들 때문에 힘들어요."

"왜? 부모님이 반대하시니?"

"아뇨. 부모님은 제가 하고 싶다고 하니까 찬성하셨어요. 그런데 주변 사람들은 미용사가 별로 좋지 않은 직업이라고 생각해요. 어떻게 하면 그 사람들을 설득할 수 있을까요?"

"그 사람들이 너에게 중요한 사람들이니?"

"그건 아닌데, 그냥 다들 그렇게 말하니까…."

나는 그 아이에게 굳이 주변 사람들을 설득할 필요 없다고, 그냥 무시해 버리라고 했다. 부모님도, 중요한 사람들도 아닌 사람들은 내 인생의 조연도 아닌 '단역'일 뿐이다. 왜 주인공이 일개 단역의 말을 일일이 신경 쓰고 살아야 하는가? 영화보다 실제 삶의 주인공은 더 많은 특권을 가지고 있다. 주인공 역할을 할 뿐만 아니라, 감독 역할도 맡는다. 내 주변 인물들을 주조연급으로 격상시킬지, 단역으로 깎아내릴지는 순전히 주인공인

'나 자신'이 결정하는 문제다.

우리 인생은 생각보다 훨씬 길 테고, 지금 당장은 내 옆에서 나를 괴롭히는 인물들도 멀리 보면 하찮은 조연에 불과하다. 주인공이라면 조연이나 단역들의 말에 휘둘리지 말고, 중심을 잡아야 한다. 그래야 그 영화는 중심을 잡고 제대로 흘러갈 수 있다. 주인공이 스스로 주인공인지 모르고, 주인공 역할을 제대로 못 하는 영화만큼 재미없는 건 없다. 주인공이면 주인공답게 행동해야 한다.

《슬램덩크》에서 농구 실력으로 따지면 강백호가 아닌 서태웅이 주인공이었어야 한다. 하지만 원탑 주인공은 강백호다. 강백호는 지구가 자신을 중심으로 돌아가게끔 만들었다. 아무도 강백호를 허황된 인물이라 비난하지 않았다. 누구도 강백호를 의심할 수 없다. 강백호는 제대로 된 주인공이니까.

내가 주인공인 이유는 남들보다 예뻐서, 잘나서, 대단해서가 아니다. 내 인생이기 때문이다. 이미 내 인생의 주인공은 '나'로 정해져 있다. 나보다 나은 사람이 있다고, 내 인생의 주인공 자리를 내줄 수는 없다. 내 인생의 주인공을 다른 사람에게 빼앗기는 일을 만들어서는 안 된다. 그리고 그 사람도 그 사람의 인생이 있기에, 내 인생의 주인공 자리를 맡아 주지도 않을 거다. 그러니 내 인생의 주인공 자리는 내가 맡아야 한다.

주인공 노릇은 그리 어렵지 않다. 제일 먼저 자신이 주인공이란 사실을 명심해야 한다. 그다음 스스로에게 주인공 대우를 해야 한다. 나의 이야기가 어떻게 흘러가면 좋을지 생각한 후, 내게 불필요하거나 힘들게 하는 인물들을 단역으로 밀어내자. 반드시 스펙터클한 사건이 생기지 않아도, 흥미진진한 영웅담이 펼쳐지지 않아도 괜찮다. 사실 삶은 〈어벤져스〉 같은 마블의 이야기보다 〈빅뱅이론〉 같은 시트콤에 더 가까우니까.

그래도 주인공 노릇이 쉽지 않다면 강백호를 흉내 내도 좋다. 남들이 보기에 근거 없는 자신감이라 해도, 내가 믿으면 되는 거니까 강백호처럼 큰소리 좀 빵빵 쳐도 좋다. 세상의 중심을 자신으로 맞추는 연습을 조금씩 하자.

주인공은 바로, 나다!

네 번째 이야기

나중에 무슨 일을 해야 할까요?

: 박준영의 에세이
《우리들의 변호사》

• • •

그를 처음 본 건 7년 전쯤 〈그것이 알고 싶다〉 방송에서다.

〈그것이 알고 싶다〉는 내가 좋아하는 프로그램으로 그때나 지금이나 즐겨 본다. 그날 다룬 사건은 '수원 노숙 소녀 살인'이었다. 수원역에서 한 노숙인 소녀가 주검으로 발견되고, 그 용의자로 근처에서 노숙을 하던 다섯 명의 십 대 노숙인이 지목되었다.

1심에서 미성년자 한 명을 제외한 4명은 유죄를 받았다. 하지만 방송에서는 사건을 다시 한 번 짚어 나갔다. 살인 사건이 있었던 날을 토대로 추적하며, 가해자 아이들도 따로 만나 인터뷰를 했다.

놀랍게도 아이들은 짓지도 않은 죄를 '자백'한 것이라고 했다. 경찰에 의한 강압 수사 때문이었다.

2심을 앞둔 법정, 용의자로 지목된 아이들 옆에는 한 남자가 앉아 있었다. 아이들을 다독이고 있기에 교회에서 목회하는 분인가? 했다. 그런데 그 십 대 노숙인 아이들의 '변호사'였다.

어떤 변호사

2심에서 다행히도 아이들은 무죄를 선고받았다. 아이들의 변호사는 기쁨의 눈물을 참으며 인터뷰를 했다. 〈그것이 알고 싶다〉를 보면서 그런 변호사는 처음 봤다.

대부분의 변호사가 아주 담담히 자신이 맡은 사건에 대해 설명한다. 그들의 발언에서 감정은 별로 느껴지지 않는다. 국어책을 읽듯이 사건에 대해 찬찬히 설명한다. 하지만 아이들의 변호사는 흥분한 채로 아이들의 무죄를 주장했고, 무죄를 선고받자 진심으로 기뻐했다. 아이들 손을 잡고 엉엉 울었던 것도 같은데, 이건 하도 오래 전에 본 거라 확실히 기억은 안 난다. 어쨌거나 그는 본인 일처럼, 아니 그 이상으로 사건을 대했다.

도대체 저 사람은 누구일까? 나는 몹시 그 사람이 궁금했다. 내 추측처럼 전도사님 겸 변호사인가? 무료 변론으로 어떻게 먹고살까? 즉시 인터넷으로 변호사 이름을 검색하니, '박준영 변호사 사무실'이라는 주소록 하나만 달랑 떴다. 아, 진짜 변호사가 맞구나. 수원에서 개인 변호사 사무실을 운영하는구나. 더 이상의 정보는 찾을 수 없었기에 그렇게 그를 잊었다.

또다시 그를 본 건 역시 〈그것이 알고 싶다〉에서다. 이번에는

'삼례 나라 슈퍼 강도 치사 사건'을 다룬 방송에서다. 이 사건 역시 가해 지목인들은 억울하게 범인으로 몰려 실형까지 살다 나온 사람들인데, 그들의 변호사 역시 박준영이었다. 여전히 그는 전도사님 같았고, 역시나 억울한 사람들의 편에 서 있었다. 그 이후로 〈그것이 알고 싶다〉에서는 비슷한 억울한 가해자들이 나왔고, 변호사는 거의 그였다.

박준영 변호사는 '억울한 이들의 재심 전문 변호사'였다. 세상에 이런 변호사도 있구나, 싶어 신기하고 존경스럽다는 생각을 했다.

그 이후로 몇 년이 지나고, 이번에는 인터넷 포털사이트에서 박준영 변호사를 보게 되었다. 한 스토리펀딩 기사였는데, 제목이 '하나도 거룩하지 않은 파산 변호사'였다. 설마 박준영 변호사의 이야기는 아니겠지, 했는데 그가 맞았다. 무료 변론으로 그의 가정 경제는 파산 상태에 놓였다. 사람들의 펀딩으로 어느 정도 돈이 모여 파산은 벗어났고, 이후 박준영 변호사는 몇몇 방송에 출연했다. 그리고 그의 삶과 그가 맡았던 변호를 다룬 책이 한 권 나왔다. 《우리들의 변호사》. 너무 궁금해서 당장 그 책을 사서 읽기 시작했다.

그가 변호사가 된 이유

그래, 그런 사람들이 있나. 어떤 환경 속에서 자라서 지금의 이 사람이 되었을까? 대체로 이상하거나 기분 나쁜 사람들을 만났을 때 그 생각을 하는데, 박준영 변호사는 정반대다. 어떤 삶을 살아왔기에 저렇게 이타적으로 살 수 있을지 알고 싶었다. 그는 사람들이 흔히 생각하는 변호사의 이미지가 아니었다. 권위 있고, 돈 많고, 소위 잘나가는 직업이라는 변호사 말이다(내가 초등학교 6학년 때, 반 아이들의 장래 희망을 조사해서 교실 뒤 게시판에 붙이는 행사를 했다. 45명의 아이들 중 13명이 변호사에 손들었다. 나도 들었다. 변호사는 뭔가 있어 보이는 직업이었으니까).

《우리들의 변호사》 책의 앞부분은 그의 어린 시절과 변호사가 되기까지의 과정이 담겨 있고, 중반부에서부터는 그가 다루었던 재심 사건에 대한 자세한 과정이 쓰여 있다.

작은 섬에서 태어나 공부에는 전혀 관심 없던 소년, 고등학생 때 가출을 일삼고 어찌어찌 대학은 갔지만 1년 만에 그만둔다. 군대에서 만난 선임이 사법 고시를 준비한다기에 멋모르고 따라 하게 되고, 그렇게 변호사가 된다. 하지만 법대 출신도 아닌, 아무 백도 없는 그가 대형 로펌에 들어가는 건 불가능한 일이었다. 돈이 없어 사법 연수원도 휴직을 하고(그는 연수원 사상 처음으로 부채 증명서를 내고 휴직을 했다), 수료 후에 변호사 사무실에 들어갔지만, 사람들은 그에게 일을 주지 않았다고 한다. 작은 섬 출신의 아무 배경 없는 변호사의 능력을 어떻게 믿겠냐는 거였다. 그래서 그는 돈을 벌기 위해 국선 변호인을 하게 되었고, 재심 사건을 맡게 된 이유도 유명해지고 싶어서였다고 말한다.

이토록 솔직할 수 있다니! 그런데 이렇게 가감 없이 다 말해도 되는 걸까? 싶을 정도로 그는 자신의 민낯을 드러냈다. 물론 그가 정의를 위한다거나, 어려운 사람을 돕는 게 옳은 일이잖아요, 라는 도덕 교과서에 나오는 듯한 이야기를 했더라도 나는 그가 참 대단한 사람이구나, 하고 그를 존중했을 거다. 하지만 솔직한 그의 고백을 읽고 있자니, 박준영 변호사가 정말로 더 좋아졌다. 그가 현실의 인물처럼 느껴졌다.

세종 대왕이나 황희 정승이 대단한 사람이고 존경받을 인물이라는 생각은 들지만, 그들은 그냥 역사 속 '위인'일 뿐이지 실제 인물 같지 않다. 아마도 너무 오래전 사람이기도 하지만, 이미 위인이란 이름으로 박제된 사람이라 그런 것 같다.

박준영 변호사는 누구나 가질 수 있는 욕망을 갖고 있는 평범한 현실 속 인물이다. 물론 그가 해낸 일들은 조금도 평범하지 않지만.

네가 존경하는 사람은 누구야?

번역가이자 대학교수인 시미즈 마사코의 《이런 게 어른일 리 없어》라는 책을 읽으며, 아주 여러 번 머리가 띵했다. 할머니의 충고라고 작가는 가볍게 말하지만, 이제까지 당연하다고 생각한 것들을 뾰족하게 찌르는 고언들이 많다.

가령 귀엽다는 건 자신보다 어리거나 대들지 않는 사람들에게 하는 말이라며 귀엽다는 말을 듣고 고마워하지 말라거나, 더 건방지게 살아도 된다고 말해 준다.

그 밖에도 여러 가지 귀담아들을 이야기가 있는데, 그 가운데 하나가 존경하는 사람을 부모님이라고 말하는 학생들을 보면 안타깝다고 했다. 부모님을 존중하고 좋아하는 것은 당연한 일일 뿐이다. 대학생들이 존경하는 사람을 부모님으로 한정하는 건 그만큼 그 사람의 세계관이 좁기 때문이라고 했다. 나는 이 말에 매우 동의한다.

나는 십 대 아이들에게 무엇이 될지보다 더 먼저 생각해 봐야 할 게 '어떻게 살 것인가'라는 이야기를 자주 한다. 그때마다 많은 아이들이 자신에 대한 서술형 답변을 찾는 걸 어려워한다. 구체적인 답을 당장 찾을 수는 없다. 내가 살고 싶은 삶이 어떤 모습인지 하나씩 만들어 나가는 게 필요하지 않을까 싶다.

삶은 이미 정해진 사용 설명서를 가지고 조종해 나가는 게 아니라, 삶의 때때마다 새로운 사항이 추가되고, 수정하며 만들어 나가는 거다. 내 삶을 만들어 나가는 방법으로 좋은 건, 내가 닮고 싶은 사람, 내가 존중하고 싶은 삶을 살고 있는 이를 찾는 거다. 주변에서 직접 알고 지내는 사람도 좋고, 유명인도 좋다. 나는 닮고 싶은 사람을 스무 명 이상 가지고 있다.

왜 그 일을 하세요?

박준영 변호사는 내가 존경하는 사람이다. 그는 처음부터 인권 변호사가 되려고 마음먹고 변호사가 되지 않았다. 어쩌다 보니 국선 변호사 일을 하게 되었고, 공명심으로 재심 변론을 맡았다. 하지만 억울한 가해자들을 직접 만나며 그들을 진심으로 돕고 싶다는 마음이 생겨 계속 재심 변론을 하고 있다. 이름을 알리겠다는 마음만으로는 몇 년씩 걸리는 그 일을 계속해 나갈 수 없다. 일을 하는 과정에서 새로운 계기와 추동력이 생긴 것이다.

박준영 변호사는 앞으로 대법원 판례를 바꾸는 일을 하고 싶다고 했다. 20여 년 전 처음 변호사 일을 시작할 때만 하더라도 이럴 줄은 생각조차 못 했으리라. 그의 꿈은 계속되고 점점 더 멋져진다. 처음부터 그런 목적이 아니면 어떠랴.

"왜 그 일을 하세요?" 라는 질문에 한마디로 대답하기란 어렵다. 이유는 아주 복합적이다. 나 역시 작가로 살아가는 건, 처음에는 글 쓰는 게 너무 좋고 작가라는 직업이 멋져 보여서였고, 작가가 되고 난 후에는 이 일을 해서 경제생활을 할 수 있기도 해서였고, 아동 청소년 문학을 쓰면서 아동 청소년들의 권익이나 인권에 대해 더 관심을 기울일 수 있어서였다.

아동 문학을 한다는 건 때론 마이너 취급을 받을 때가 있어서 좀 속상할 때가 많다. 그런데 내가 정말 좋아하고 닮고 싶은 삶을 살고 있는 친한 동화 작가 K 선생님은 그런 말씀을 하셨다. “혜정 씨, 나는 내가 동화 작가라서 참 좋다.” 나는 K 선생님이 왜 그렇게 말씀하셨는지 잘 알고 있고, 내가 좋아하는 당신이 그렇게 말씀하시니, 나도 동화를 쓸 수 있는 작가라는 게 참 좋다.

더 나은 사회를 만들기 위한 작은 한 걸음

내가 박준영 변호사를 존경한다고 해서 그처럼 살 수는 없다. 나는 여전히 개인적인 사람이고, 크게 이타적인 사람은 아니니까. 하지만 그를 존경함으로써 최소한 나는 그를 지지하고, 그의 변호에 연대할 수 있다. 내가 좋아하고 존경하는 박준영이 변호를 했기에, 나는 삼례 나라 슈퍼 사건에 지속적인 관심을 기울였고, 그들을 돕는 펀딩에 참여했다. 나 같은 사람들이 모인다면, 박준영 변호사와 그가 변호하는 억울한 사람들에게 작지 않은 힘을 실어 줄 수 있지 않을까? 그리고 그런 관심이 박준영 변호사가 계속 이로운 일을 할 수 있도록 만들어 줄 수 있을 거라 믿는다. 내가 직접적으로 할 수 없는 일이라면, 간접적으로라도 도움을 줄 수 있는 일은 많다.

아주 가끔 "더 좋은 세상을 만들기 위해서 어떻게 해야 할까요? 제가 할 수 있는 일이 많지 않은 것 같아서 고민이에요." 같은 질문을 하는 십 대들을 만날 때가 있다. 질문을 하는 아이들은 현재 사회에 못마땅한 점이 많다며 제법 심각하다. 당장 내가 무슨 일을 해서 사회가 금방 바뀌지는 않는다. 모든 사람들이 정치가가 되어 사회 제도를 바꿀 수 없고, 사회 복지가가 되어 어려운 사람을 도울 수는 없다. 꼭 모두가 직접 나설 필요는 없다. 하지만 한 사람, 한 사람의 작은 마음, 작은 행동 하나하나가 모여 사회가 된다. 자신이 생각했을 때 도와주고 싶거나, 지켜야 하는 사람들을 지지하고 후원하는 것도 사회를 바꿀 수 있는 하나의 방법이 될 수 있다.

십 대 아이들에게 당부하고 싶은 건, 성년이 되어 꼭 투표를 하라는 거다. 어른이 되면 선거 투표권을 얻는다. 투표는 의무이자 권리이다. 정치에 관심 없다고, 누굴 뽑으나 달라질 게 뭐가 있느냐며 투표 따위 안 하겠다는 어른들이 꽤 많다. 제발 그러지 않았으면 좋겠다. 시민들이 관심을 기울이지 않고, 감시하지 않으면 더 엉망진창이 될지도 모른다.

좋아하고, 지지하고, 닮고 싶은 사람을 늘려 나가는 일은 어떻게 살아야 할지 찾아 나가는 과정이기도 하다. 나도 계속해서 그런 사람들을 더 찾아 나갈 것이다.

마지막으로 박준영 변호사 님,

나는 진심으로 당신을 응원합니다. 고맙습니다. 정말 고맙습니다.

05...

반짝반짝 빛날 청춘을 위해

청춘을 대비하는 자세

잘못된 걸 봤을 땐 어떻게 해야 하죠?

: 김해원의 소설
《열일곱 살의 털》

• • •

학창 시절 어떤 학생이었느냐는 질문을 자주 받는다. 잘 모르겠다. 기억이 나지 않아서가 아니라, 한마디로 정의하기가 어렵다. 조용히 공부를 하는 부류에 속하긴 했지만, 모범생은 아니었다. 주변 학생들에게 모범이 되지 못했고, 그렇기에 선생님들에게도 예쁨을 받지도 못했다. 선생님들이 나를 별로 좋아하지 않는다는 걸 눈치로 알았다.

선생님들이 무언가를 시키면, "네."라는 대답보다, "꼭 해야 해요?"라고 물었다. 중, 고등학교 시절, 거의 모든 아이들이 방학 보충 수업을 들었는데 나는 하지 않겠다고 했다. 방학마저 학교를 가고 싶지는 않았으니까. 고등학교 2학년 때 방학 보충 수업을 듣지 않은 건 나와 미용을 준비하는 아이 딱 두 명이었다. 지각을 해서 때리려는 선생님의 매를 붙잡고 "안 때리시면 안 돼요?"라고 물었다. 그러면 선생님은 대답했다. "안 돼." 두 대 맞을 거 네 대 맞았던 기억이 난다.

돌이켜 보면, 나는 매우 소심한 반항가였다. 대놓고 "아, 못 해요.", "안 할래요."라고 한 적은 없다. 그냥 교실 안에 들릴 정도로 "아, 하기 싫은데." 하고 말았다.

학창 시절의 단상 하나, 두발 제한

학교에는 이해 가지 않는 규칙들이 많았다. 남자 선생님들 보기 안 좋으니 교복 치마를 입은 채 다리를 쩍 벌리고 앉지 말라면서, 그걸 방지하기 위해 치마 속에 체육복을 입는 건 안 되었다. 교복 넥타이를 매지 않으면 벌점을 받았다. 치마 길이는 무릎 선 밑으로 내려와야 했다. 머리카락 염색은 절대로 안 되고, 귀 밑 2cm(중학생 시절), 혹은 5cm(고등학생 시절)을 넘으면 안 됐다. 왜 머리가 길면 안 되느냐는 질문에, 선생님들은 "학생은 단정해야 하기에."라고 하셨다. 머리 길어도 단정할 수 있어요, 오히려 머리가 짧으면 자꾸 옆으로 뒤로 뻗쳐서 지저분해 보인단 말이에요, 라고 하면 "김혜정, 넌 말이 너무 많아. 좀 조용히 해."라는 대답이 돌아왔다. 이해가 가지 않는 모든 규칙들은 교칙이라고 했다. 그러니까 '무조건' 따르라고 했다. 하지만 누구도 그 교칙이 적힌 정례집을 보여 주지 않았기에 진짜인지 확인할 길도 없었고, 교칙은 학생들이 정한 것도 아니었다.

그 당시 나는 멋 부리는 것에 별로 관심 없는 학생이었지만, 머리카락만큼은 짧은 게 싫었다. 그래서 머리카락을 이중으로 잘랐다. 윗부분 반 정도를 묶은 다음에 묶지 않은 부분만 규정에 맞게 자른 것이다. 그리고 매주 월요일 두발 검사를 하는 날이 되면 윗부분을 끈으로 묶고, 짧은 뒷머리로 검사를 받았다. 고 3 때, 수시 1학기로 대학에 합격해 2학기 때는 학교에 가지 않았다. 다른 학생들 공부에 방해가 되니 학교에 오지 말라고 했다(오예! 학생이 학교를 안 가도 되다니, 그래도 결석이 아니라니!). 학교에 가지 않아도 된 내가 제일 먼저 한 일은 머리카락 탈색이었다. 학교를 다닐 때는 티도 안 나는 염색만 그것도 몰래몰래 해야만 했으니까. 탈색 후 머리카락을 노랗게 물들인 채 지냈는데, 수능이 끝난 후 학교에 가야 했다. 어떻게 할까 하다가 가발을 하나 샀다. 가발을 쓰고 교실에 나타난 나를 보고 아이들이 다 웃었다. 친구들은 내가 탈색을 한 걸 알고 있었고, 가발은 좀 우스웠다. 하지만 선생님들은 내게 별 관심이 없었는지 알지 못하셨다. 웃는 아이들에게 친구 머리 모양 보고 놀리지 말라고 오히려 핀잔을 주셨다.

선생님들의 나이가 되어 보니, 나 같은 학생은 정말 별로다.

모범생인 척하면서 뒤로 호박씨를 까는 학생과 사사건건 트집을 잡으며 고분고분하지 않은 게 바로 내 학창 시절의 모습이다. 하지만 내가 잘못했다는 생각은 들지 않는다. 오히려 왜 머리를 기르면 안 되느냐고 더 강하게 말하지 못했을까 싶다.

학창 시절의 단상 둘, 체벌

중학생 때까지만 하더라도 매주 월요일이면 운동장에 모여 조회를 했다. 대부분의 아이들이 조회에 나가기 싫어한다. 너무 형식적인 절차니까. 운동장에서 한 시간 가까이 서 있는 건 힘들다. 수업은 차라리 교실에서 앉아 있을 수라도 있지, 땡볕에 서서 교장 선생님과 학생 주임 선생님의 끝없는 훈화+잔소리를 듣고 있으면 정말 죽을 맛이다.

여름이 시작되었고, 그날의 월요일은 날씨가 매우 습했다. 마침 나는 주번이라 교실을 지켜야 해서 나가지 않았다. 그리고 소위 좀 노는 아이들 몇 명이 조회에 몰래 빠졌다. 조회가 끝나고 난 후, 학생 주임이 교실로 찾아왔다. 조회 시간에 나오지 않은 아이들을 다 나오라고 했다. 각 반 주번이었던 학생을 제외하고 7, 8명의 아이들이 남았다. 학생 주임은 그 아이들에게 엎드리라고 한 후, 방망이로 무지막지하게 엉덩이를 때렸다. 때렸다는 표현보다 팼다는 표현이 더 적절하다. 그나마 우리 학교는 여중이라 심한 체벌은 없었는데, 그때의 장면은 아직까지 생생하게 떠오른다. 사람이 저렇게 맞을 수도 있구나, 만약 나도 주번이 아니라 그냥 조회를 빠진 거라면 저렇게 맞았겠구나.

학창 시절의 단상 셋, 불쾌한 농담을 하는 선생님

고등학교 3학년 때, 모 과목 선생님은 좀 유별났다. 50분의 수업 시간 중 수업을 하는 건 딱 절반이었다. 나머지 절반은 연예인 이야기를 하거나, 학생들 출석부를 보면서 이름 등을 두고 놀리거나, 재미없는, 심지어 들었을 때 불쾌한 농담을 자주 했다. 가령 이런 식이다. "여러분이 왜 곰돌이 푸를 좋아하는지 알아요. 그건 푸가 팬티를 안 입었기 때문이죠."

아이들은 대부분 그 선생님을 싫어했다. 하나라도 더 공부해야 하는 고 3 수업 시간에 선생님의 잡담을 듣는 건 괴로웠다. 그때 우리가 고작 했던 건 인상을 찌푸리거나, 아이들끼리 선생님의 잡담 시간을 체크해 돌려 보는 정도였다(다섯 번 정도 평균을 내 보니 24분을 기록했다). 우리가 졸업한 후 다음 해에도 그 선생님은 고 3 학생들을 가르쳤는데, 우리 후배들은 참지 않았다. 선생님의 수업 방식에 대해 학교 측에 이의를 제기했고, 더 이상 그 선생님은 수업 시간에 불쾌한 농담과 잡담을 하지 않았다. 대학생이 되어 그 이야기를 들었을 때, 후배들이 멋지다는 생각도 들었고, 한편 허탈했다. 왜 우리는 말하지 못했을까.

범생이 일호는 왜 두발 자유 피켓을 들었는가

《열일곱 살의 털》의 일호는 모범생 중의 모범생이다. 단정한 교복을 입고, 칭찬받아 마땅한 머리카락 길이를 가지고 있다. 어느 날 매독이란 별명을 가진 선생님이 머리카락이 긴 아이들에게 라이터로 지지겠다고 협박하는 것을 보고, 순간 참지 못한 일호가 그들에게 뛰어든다. 일호의 머리카락은 짧디짧기에 매독에게 걸릴 일이 전혀 없지만, 머리카락은 곧 자신을 나타내는 징표라는, 그렇기에 머리카락을 함부로 다루는 것은 곧 자신을 망가뜨리는 뜻이라는 이발소를 하는 할아버지의 말이 생각

나서다. 일호의 일탈에 담임을 비롯한 주변 친구들은 놀란다. 일호는 모범생이니까. 별명마저 범생이 일호(1호)니까. 하지만 일호는 문제를 느끼기 시작한다. 왜 꼭 머리를 짧게 잘라야 할까? 일호의 일탈로 인해 두발 규제는 더욱 강화되고, 벌점제를 도입한다는 이야기가 돈다. 그래서 일호는 두발 자유를 외치는 피켓을 들고 교문 앞에 선다.

일호에게 담임은 말한다. "네 용기는 가상한데, 세상은 호락호락하지 않다. 네가 할 수 있는 일이 아니야. 계란으로 바위 치기다. 할 만큼 했으니까 그만해라." 아마 이 말은 잘못된 일에 맞섰던 사람들이 수없이 들었던 말일 것이다. 맞다. 세상은 호락호락하지 않고, 몇 사람이 잘못되었다고 지적하고 따진다고 쉽게 바뀌지 않는다. 하지만, 아무도 따지지 않는다면 세상은 결코 달라지지 않는다.

나의 학창 시절을 묻는 아이들에게, 내가 학교 다닐 때는 머리카락 길이를 자로 잰 후 그 자리에서 머리카락을 잘랐고, 체벌도 있었다고 말하면 듣는 아이들은 인상을 쓴다. 말도 안 돼, 라는 표정들이다. 하지만 그 시절이 불과 20년도 채 되지 않았다. 요즘의 학생들을 못마땅하게 여기는 이들도 없진 않다. 체벌이 금지되어 학생들 지도하기 어렵다는 선생님들의 말에 동의할 수 없다. 긴 머리, 염색, 화장이 학생답지 못하다는 어른에겐 되묻고 싶다. 그래서 학생다운 게 뭔데요?

그건 틀렸어요!

나는 세상이 점점 나아지고 있다고 믿는 희망론자다. 물론 아직 가야 할 길이 멀지만, 수십 년 전에 비한다면 인권 부분에서는 조금은 나아졌다고 본다. 그럴 수 있었던 건 일호 같은 문제 제기론자가 있었기 때문이다. 세상을 바꾸는 건 투덜이 스머프다. 잘못된 일이 있을 때, 잘못되었다고 말을 하는 사람들이 많이 생겼으면 좋겠다. 그러면 세상은 조금 더 빨리 바뀌지 않을까?

어른인 내가 봐도 잘못된 어른들의 생각이 있다. 그 가운데 하나는 '돈, 돈' 하는 거다. 많은 아이들이 돈이 많아야 잘 살고, 행복해진다고 생각한다. 실제로 아이들이 돈이 없어서 불편한 생활을 해 본 게 아니라, 사회와 어른들이 돈이 최고라는 듯이 생각하고 아이들에게 이야기를 하니 아이들은 의심하지 않고 어른이 하는 말을 받아들이는 것이다. 아이들에게 돈이 최고라고 가르치면서, 과연 돈이 없는 친구를 무시하면 안 된다고 가르칠 수 있을까? 출신 학교, 연봉, 재산 등으로 사람의 등급을 매기는 일을 하면서, 아이들에겐 사람은 모두 평등하고 동등하다고 말하는 건 모순되지 않나? 어른들이 만들어 놓은 잘못된 세상에 "그건 틀렸어요!"라고 당당하게 말하는 아이들이 늘어났으면 좋겠다. 어른인 내가 봐도 부끄러운 것들이 한두 가지가 아니다. 지금 십 대들이 언젠간 어른이 될 것이고, 그때의 세상은 지금의 십 대들이 만들어 나가야 한다.

얼마 전 재밌는 뉴스를 하나 봤다. 영국의 한 중학교에서 남학생들이 교복 치마를 입고 등교를 했다. 긴 바지가 너무 더워 반바지를 입으면 안 되느냐는 요청에 교장 선생님은 안 된다면서 비꼬듯 차라리 교복으로 치마를 입든지, 라고 말을 했다. 그러자 남학생들은 여기저기에서 교복 치마를 빌려 입고 등교를 했고, 결국 반바지를 입는 게 허용됐다. 머나먼 영국 땅에 사는 남학생들에게 멋지다고, 잘했다고 응원을 보내 주고 싶다.

어쩌면 나는 비관론자인지도 모른다. 지금의 세상이 썩 마음에 들지 않기에, 반드시 나아져야만 한다고 생각하는 면이 크기 때문이다. 지금 세상은 잘못되고, 이상한 게 꽤 많다. 그런 것들을 두고 "원래 그래."라는 말을 하지 않기를 바란다. 원래 그런 건 없다. 불편하면 고쳐야 하고, 잘못된 건 그대로 두면 안 된다.

오늘의 십 대가 살아가는 내일은 조금 더 나아지길 진심으로 바란다.

두 번째 이야기

그냥 너무나 불안해요

: 이와모토 히토시의 드라마
〈노부타를 프로듀스〉

• • •

십 대 시절을 떠올리면 속이 울렁거린다. 고등학생 때, 나는 만성적인 소화불량에 시달렸다. 그때는 내가 많이 먹어서 그런 줄 알았는데, 훗날 비슷한 증상에 시달리면서 내가 아팠던 진짜 이유를 알게 되었다. 나는 스트레스를 받거나, 신경 쓰이는 일이 있으면 위가 제일 먼저 아프다. 그나마 요즘은 좀 낫다. 고등학생 때 겪었던 체기는 몹시 불편하고 거슬렸다. 명치끝에 무언가가 단단히 걸려 막혀 있는 느낌은 배를 답답하게 할 뿐만 아니라, 온몸에 혈액 순환이 잘 되지 않게 만들어 버린다.

도대체 뭐가 문제였을까. 고등학교는 초, 중학교를 다녔던 곳과 다른 지역으로 가게 되었다. 낯선 공간에서 새로운 아이들을 만났다. 고등학교 1학년 때는 마음에 맞는 친구를 사귀지 못했다. 그래서였을까? 중학생 때에 비해 성적도 많이 떨어졌다. 청주는 증평보다 큰 도시였고, 학교 규모도 두 배 이상 컸다. 시험 때가 가까워 오면 속이 좋지 않아 헛구역질을 많이 했다. 원하는 성적이 나오지 않아 그랬던 걸까? 중 2 때 첫 번째 책이 나온 이후 꾸준히 글을 썼지만 두 번째 책이 나오는 건 쉽지 않았다. 내가 과연 작가가 될 수 있을지 걱정스러워서였을까?

나는 여전히 십 대 시절의 불안을 명확하게 설명하지 못한다. 내가 무엇을 가장 두려워했는지, 걱정했는지 잘 모르겠다. 어쩌면 모든 게 다 걱정스러웠을 수도 있고, 어느 것도 불안의 이유가 아니었을 수도 있다.

불안한 너에게

불안하다고 이야기하는 십 대 아이들을 종종 만난다. 이유가 뭐냐고 물어보면, 자기도 모르겠단다. 걱정은 명확한 대상이 있지만 불안은 꼭 그렇지 않다. 프로이트는 공포와 불안의 차이에 대해 그렇게 말했다. 공포는 대상의 존재로 인해 발생한다면, 반대로 불안은 대상의 부재로 인해 생겨난다. 여기에서의 공포가 걱정과 비슷하지 않을까 싶다.

일본 드라마 〈노부타를 프로듀스〉를 보며, 뒤늦게 십 대 시절의 불안감이 나만의 것이 아니었다는 걸 깨달았다(드라마의 원작은 동명의 소설이지만, 소설과 드라마는 아주 많이 다르다. 등장인물부터가 다르고, 에피소드도 드라마가 훨씬 다양하다. 무조건 드라마를 추천한다). 드라마에는 세 명의 주인공이 나온다. 친구들에게 인기도 많고, 반 분위기를 주도하는 인기남 슈지와 어딘가 나사가 하나 빠진 것 같고 스스로 아웃사이더를 자처하는 남학생 아키라, 전학 온 음울한 왕따 여학생 노부코. 전학생 노부코가 왕따당하는 모습을 보고, 슈지는 노부코에게 인기 있는 학생으로 거듭날 수 있도록 도와주겠다고 자청한다. 일명 노부타(들돼지) 프로듀스 작전에 돌입하여, 노부타는 슈지와 아키라의 도움을 받아 조금씩 변화한다.

드라마를 처음 볼 때만 해도 이건 노부타가 변화하는 '노부타의 서사'일 거라 생각했다. 노부타를 위해 슈지와 아키라가 나서는 것이니까. 하지만 중반을 넘어가며 이 이야기는 노부타가 아닌 '슈지'를 위한 게 아닐까 하는 생각이 들었다.

슈지는 반 아이들에게 인기가 가장 좋지만, 항상 교실로 들어가기 전에 심호흡을 하며 '이 모든 건 게임이다'라고 되뇐다. 그리고 교실에 들어서면서 가장 밝은 얼굴로 재미있는 농담을 한다. 점심은 학교의 인기녀인 마리코와 단둘이 먹는다. 친구들이 슈지에게 마리코와 사귀는 게 아니냐고 물으면, 그런 게 아니라며 손사래를 친다. 슈지는 마리코가 좋아서라기보다, 마리코가 학교의 퀸카이기에 가깝게 지내는 것뿐이다. 슈지는 가면을 쓴 채 인기인 캐릭터를 잃지 않기 위해 안간힘을 쓴다. 자신의 불안감을 없애기 위해서다.

노부타에게 첫 친구가 되어 준 카스미도 다르지 않다. 친구인 척 다가와 노부타와 슈지, 아키라가 멀어지게 하려고 온갖 방해 공작을 한다. 드라마를 보면서 등장인물들에게 말을 걸었다. 너희 힘들구나, 나도 그랬어, 하고 말이다.

불안해서 다행이야

지금도 세상이 던지는 질문에 답을 잘 하는 편은 아니다. 하지만 시험지를 앞에 두고 이게 정답일까, 저게 정답일까, 만약 틀리면 어쩌나, 다른 답으로 고쳐 볼까, 하고 벌벌 떨지는 않는다. 적당히 고민한 후에 답을 고른다. 걱정의 밀도는 아주 많이 낮아졌다. 내가 고른 게 정답일 거라는 확신이 있어서라기보다, 좀 틀리면 어떠랴 싶어서다.

이번에 틀리면 다음에 맞히면 되고, 틀려도 좀 넉살 좋게 "아, 비슷한데 좀 맞게 해 주세요."라고 말할 수 있다.

내가 어른이 되어 이런 태도를 취할 수 있는 건, 십 대 시절에 충분히 불안해 봤기 때문이다. 이렇게도 해 보고, 저렇게도 해 보고 수많은 마음의 시행 착오를 겪었기 때문에 가능한 일이다. 그래서 나는 불안함을 호소하는 아이들보다 그렇지 못한 아이들을 만났을 때 조금 더 걱정이 된다.

어린이와 성인 사이에 놓여 있는 청소년기는 단순히 스쳐 지나가는 시기가 아니다. 아이에서 어른이 되어 가는 중요한 변화의 과정이다. 아이와 어른에게는 많은 차이가 있다. 신체적인 차이뿐만이 아니다. 정신적인 차이, 환경적인 차이도 있다.

어른이 되면 자신의 일을 독립적으로 처리할 수 있어야 한다. 아이는 갑자기 어른이 될 수 없다. 그렇기에 그 과정인 청소년기에 많은 일들을 충분히 고민하고, 생각해야 한다. 그 부산물이 불안일 뿐이다.

자신의 삶을 스스로 고민하지 않고, 어른들이 시키는 대로, 친구가 하는 그대로 따라쟁이로 산다면 불안할 일도 없다. 로봇은 불안함을 느끼지 않는다. 그런데 안타깝게도 자신의 생각대로 의지대로 살아가지 않는 로봇인간이 너무나 많다(장강명의 《5년 만에 신혼여행》 책에 나온 '애완인간'을 응용했다. 장강명은 부모님에게 의지하여 사는 사람을 가리켜 애완동물과 다르지 않다며 애완인간이라고 표현했다).

십 대들이 많이 하는 질문 중 다섯 손가락 안에 드는 건 "좋아하는 것과 잘하는 것 중에서 무엇을 해야 하나요?"이다. 나는 잘한다는 건 기준이 애매하고, 처음 시작할 때 잘하는지 아닌지를 아는 건 쉽지 않다며 우선 좋아하는 일을 해야 한다고 이야기했다. 그런데 내 시야가 너무 좁았다는 생각이 뒤늦게 들었다. 질문하는 아이들뿐만 아니라, 나 역시 이 질문을 '직업'으로 한정했다. 사람은 사회의 일꾼으로만 사는 게 아닌데 말이다. 물론 아이들이 진로로 한정 지어 물었지만, 적어도 어른으로 살아 본 나는 직업이 인생의 전부가 아니라며 다른 답변을 했어야 했다.

십 대들이 자신이 좋아하는 요소를 많이 찾았으면 좋겠다. 꼭 직업과 관련된 게 아니어도 된다. 좋아하는 연예인, 좋아하는 운동, 좋아하는 음식, 좋아하는 활동을 찾아라. 내가 했을 때 기분 좋고, 신나는 일들을 가져야 한다. 다시 한 번 기타노 다케시를 호출하겠다. 그는 《위험한 도덕주의자》라는 책에서 "내 인생은 내가 즐기지 않으면 안 된다."라고 이야기했다(이 말

역시 명언이구나!). 나를 기쁘고 즐겁게 해 주는 것들을 알고, 가지고 있다면 인생은 더 재밌어지리라.

말랑말랑하니까

십 대들을 만나면 나의 십 대 시절이 떠오른다. 신나고 즐거웠던 일들도 많았지만, 걱정하고 고민했던 시간도 많았다. 그래서 십 대들을 보면 마냥 응원해 주고 싶다. 말랑말랑한 아이들이 얼마나 상처를 많이 받을까 생각하면 딱하다. 그런데 내가 어느 초등학교에 가서 이 이야기를 했더니, 6학년 남자아이가 손을 번쩍 들며 말했다. “우리는 말랑말랑해서 상처를 받지만, 대신 부러지진 않아요.” 생각지도 못한 대답이었다. 그날, 나는 열세 살 아이에게 또 배웠다.

어쩌면 십 대 아이들은 내가 생각한 것보다 더 강한지도 모른다. 아니, 강한 게 맞다. 웬만하면 잘 부러지지 않는 게 아이들이다. 요즘엔 아이들을 만날 때마다 오른손을 들어 보라고 시킨다. 그 손 안에는 말랑말랑한 너희들이 있다며, 상상을 하며 만져 보라고 한다. 그리고 절대 이걸 잊지 말라고 알려 준다.

자신이 말랑말랑하다는 것을 잊어버린 채 살아가는 건 너무 안타깝다. 십 대는 아직 자신의 모양을 만들지 못했다. 그래서 이렇게도 만들어 보고, 저렇게도 만들어 봐야 한다. 자신이 잘 만들고 있는지 염려하고 있다면, 꽤 괜찮은 십 대를 보내고 있는 중이다.

십 대로 다시 돌아갈 수 있다면 꼭 하고 싶은 일이 뭐예요, 라는 질문을 많이 받았다. 십 대인 자신들이 지금 해야 할 일이 무엇인지 궁금해서 묻는 것 같다. 내가 십 대로 돌아간다면, 하고 싶은 건 딱 한 가지다. 나를 조금 더 많이 좋아하고 싶다. 괜찮다고, 너 충분히 잘하고 있다는 말을 해 주고 싶다. 나는 현재를 살고 있지만, 동시에 과거와 미래의 나도 뒤와 앞에서 달리고 있다고 믿는다. 그래서 가끔 20년 전 김혜정에게 안부를 전한다. "잘 지내지? 너 지금 잘하고 있어. 괜찮아." 하고 말이다. 아마 지금 이 글을 읽고 있는 십 대의 미래들도 과거의 자신에게 똑같은 메시지를 전하고 있을 거다. 잘하고 있다고, 괜찮다고. 그러니 너무 걱정하지 말라고.

나라는 사람을 찾아가는 과정

인기인이었던 슈지는 폭력배에게 맞고 있는 친구를 도와주지 않았다는 오해를 받아 순식간에 왕따가 되어 버린다. 친구들을 잃은 슈지는 더 이상 가면을 쓰지 않아도 되기에 오히려 안도감을 느낀다. 그리고 전학을 간 학교에서 제2의 노부타가 되어 가면을 벗고 살아갈 다짐을 하며 드라마가 끝난다. 아니다. 슈지는 그곳에서 또 다른 가면을 쓸지도 모른다. 왜냐하면 가면은 나를 감추기 위한 게 아니라, 얼굴에 입는 '옷' 같은 거니까.

옷이 신체를 보호하기 위해 입는 것처럼 가면도 나를 숨기는 용도보다 나를 보호하기 위한 것이다. 나에게 가장 잘 맞는 옷을 고르듯이, 가면도 나에게 가장 잘 맞는, 상황에 맞는 걸 골라 쓰는 것뿐이다. 가면이란 말이 부정적으로 들린다면, '얼굴에 입는 옷(얼굴 옷)' 정도로 바꿔 써도 좋다.

사람은 늘 한결같은 모습을 보이지 않는다. 어떤 장소에서는 자신이 가장 연장자가 되어 다른 사람들을 리드해야 할 일이 생길 테고, 또 어떤 곳에서는 나서면 안 될 때도 있다. 그때마다 상황에 맞는 적절한 태도를 취해야 하고, 그게 바로 '얼굴 옷'이 될 수도 있다. 여러 가지 모습을 가지고 있다는 것은 가식적인 게 아니라, 상황마다 눈치 있게 잘 처신하고 있다는 반증이다. 때와 장소에 맞는 옷을 입듯이, 얼굴 옷도 상황에 따라 입어야 한다.

안하무인인 사람들을 보면 얼굴 옷을 좀 입지 싶을 때가 있다. 아주 어린아이들은 옷을 입지 않고 있어도 보는 사람이 불편하지 않다. 어린아이들이 떼를 쓰거나 공공장소에서 울더라도 이해할 수 있다. 어린아이들은 아직 잘 모르니까. 하지만 어른이 그러면 정말로 싫다. 그건 마치 어른들이 옷을 다 벗고 돌아다니는 것 같다.

대학생이 되면서 교복을 벗고 사복을 입기 시작했다. 어떤 옷이 내게 잘 어울리는지 알지 못해서 이십 대 중반까지는 한창 헤맸다. 한정된 예산으로 옷을 사야 했기에 즐거워야 할 쇼핑이 오히려 과제처럼 느껴질 때가 많았다. 실패도 많이 했다. 사 놓고 너무 어울리지 않거나, 입었을 때 불편해 한 번도 입지 않은 옷이 꽤 있다. 하지만 이 옷 저 옷 입어 보며 삼십 대가 되자 나름대로 내게 맞는 옷 스타일을 찾았다.

십 대는 자신에게 잘 맞는 얼굴 옷을 쇼핑해야 하는 시기다. 자신에게 잘 맞고, 잘 어울리는 얼굴 옷을 찾는 건 쉽지 않다.

십 대들이 종잡을 수 없다고 말하는 건, 그때 이 옷 저 옷 엄청 입어 보는 시기여서 그럴 거다.

자, 쇼핑의 시간이다. 잘 맞고 편안한 옷을 잘 고르길 바란다.

지금이 그리울 날이 올까요?

: 폴 진델의 소설 《피그맨》

• • •

또 펑펑 울어 버리고 말았다. 이 이야기는 매번 나를 울린다.

《피그맨》, 아주 여러 번 읽은 책

이미 본 책이나 영화, 드라마를 다시 보는 걸 좋아하지 않는다. 좋아하는 책이나 영화를 옆에 두고 수십 번 반복해서 본다는 사람이 잘 이해가 가지 않는다. 알고 있는 이야기를 무슨 재미로 보나 싶다. 차라리 아직 보지 못한 새로운 이야기를 만나는 게 더 재밌을 텐데. 그래서 나는 사극이나 역사소설 같은 역사물은 잘 찾아 보지 않는다. 그건 결말을 알고 있으니까 흥미가 생기지 않는다. 물론 같은 사건을 다른 방향과 시선에서 바라볼 수 있고, 감춰진 진실을 드러낼 수 있다는 점에서 역사물은 충분히 매력 있다. 다만 내가 좋아하지 않는다는 것뿐이지.

같은 책도 두 번은 잘 읽지 않는다. 사실 나는 속독을 하기에 독서 후 책의 대략적인 줄거리만 아주 간신히 기억하는 편인데도, '이미 봤기에' 보고 싶지 않다. 심지어 내가 쓴 글도 여러 번 읽는 건 좋아하지 않는다. 한 편의 이야기가 책으로 나오기까지 여러 차례 수정을 거친다. 이미 완성된 원고를 가지고 편집부와 작가가 세 번의 교정을 거치는데, 사실 나는 이 과정이 좀 지난하다. 초고를 쓸 때는 한 문장, 한 단락이 어여쁘지만 원고가 완성되고 난 후에는 더 이상 그런 감정이 생기지 않는다. 많은 작가들이 3교의 교정 과정을 꼼꼼하게 살피고 또 살핀다지만, 나는 숙제하는 마음으로 임한다. 그리고 책이 출간된 후에는 다시 읽지 않는다. 왜? 이미 알고 있으니까!

내 책도 두 번 읽기 싫어하는 나이지만, 몇 번씩 읽은 책이 있다. 폴 진델의 《피그맨》. 나는 정말로 이 책을 좋아한다. 가장 좋아하는 책이 무어냐는 질문은 가장 좋아하는 음식이 무어냐고 묻는 것 못지않게 곤란하다. 세상에 맛있는 음식이 얼마나 많은데 한 개만 고르라니! 책도 그렇다. 이 책도 재밌고, 저 책도 재밌다. 한 권만 고르라니 말도 안 된다. 하지만 굳이 한 권을 꼽으라면 《피그맨》을 이야기할 거다.

이야기는 고등학교 2학년인 로레인과 존의 선서로 시작된다. 둘은 피그나티 씨와 함께했던 경험을 문서로 남기기로 하며, 번갈아 이야기를 한다. 세상에 불만이 아주 많은 소년 존(로레인은 존을 '꼭 죽고 싶어서 안달이 난 사람' 같다고 표현했고, 존은 정말로 자신이 알고 있는 부류의 어른들처럼 되느니 차라리 죽음을 택하는 게 낫다고 생각한다)과 소설가를 꿈꾸는 소녀 로레인은 친구다. 둘은 장난 전화를 하며 시간을 보낸다. 가령 댁의 냉장고가 잘 돌아가느냐고 묻고, 상대가 그렇다고 대답을 하면 "그럼 어서 가서 세워."라는 말장난을 친다.

그러다가 새로운 장난 전화를 고안해 낸다. 전화를 받은 상대와 가장 오래 전화를 하는 사람이 이기는 거다. 로레인은 전화번호부에 있는 '안젤로 피그나티'에게 전화를 건다. 그가 살고 있는 하워드 애비뉴는 로레인이 살고 있는 곳과 겨우 몇 구역 떨어져 있는 곳이다. 로레인은 자선 단체인 척했고, 피그나티는 너무 쉽게 그 말을 믿고는 기금을 내겠다고 한다. 그렇게 로레인과 존은 진짜로 피그나티를 만나러 간다. 피그나티는 아내가 죽은 후 혼자 살고 있는 노인이다. 피그나티는 로레인과 존의 말을 다 믿어 주며, 자신이 살아온 이야기를 둘에게 들려준다. 로레인과 존은 그를 '피그맨'이라 부르고, 셋은 종종 만나 퀴즈 게임을 푼다거나 동물원에 간다. 피그맨은 로레인이 싫어하는 꼰대 어른들과 달랐다. 꼰대 어른들은 조금씩 위선적이다. 아무렇지 않게 거짓말을 하고, 남의 물건을 죄의식 없이 가져온다.

여기에서 '하지만'이란 단어를 써야 한다. 이제까지의 상황과 다르게 흘러갈 때, 상황이 반전될 때 필요한 '하지만'. 역시 《피그맨》에서도 '하지만'이 등장한다. 피그맨이 입원한 동안, 존과 로레인은 피그맨 집에서 파티를 벌이며 난장판을 만든다. 피그맨은 아내의 옷을 엉망으로 만든 둘에게 심하게 화를 내고, 미안해진 로레인과 존은 피그맨과 함께 동물원에 간다. 피그맨의 아내가 좋아했던 원숭이 비비는 죽고 없다. 그 충격으로 피그맨은 또다시 쓰러져 다시는 깨어나지 못한다. 피그맨의 죽음 앞에서 존은 혼자 중얼거린다.

"애초에 피그맨은 어린애들하고 놀 자격이 없었어. 그에겐 시간을 거꾸로 거스를 권리가 없단 말이야. 일단 어른이 되면, 다시는 어린 시절로 돌아갈 수 없어. 그런 건 불법 행위야. 피그맨이 불법 행위를 한 거라고."

그리고 존은 또 자신 안의 무언가도 함께 죽었다는 것을 깨닫는다.

내가 《피그맨》을 읽을 때마다 우는 건, 존이 피그맨의 죽음을 되돌릴 수 없어서가 아니라, 피그맨과 함께 놀던 그 시절로 돌아갈 수 없기 때문이다. 그리고 나도 그때로 돌아갈 수 없다.

내 마음의 울음 버튼

평론을 하는 S 언니는 어느 날 내게 펑펑 울고 싶다며, 그런 책을 추천해 달라고 했다. 나는 자신 있게 《피그맨》을 말했다. 그때만 해도 나는 아주 단순하게, 내가 우는 작품은 누가 봐도 우는 작품일 거라며 보편적인 줄 알았다. 그런데 S 언니는 《피그맨》을 다 읽고 난 후, 좋은 작품이긴 하지만 눈물이 나지는 않았다고 했다. 《피그맨》은 자신의 울음 버튼을 누르지는 못했다며 말이다. 언니는 사람마다 울음 버튼이 다 다르다고 이야기해 주었다. 그 이후로 친한 사람들과 이야기해 본 결과, 다들 울음 버튼의 이야기 종류가 있었다. 등장인물의 죽음이라는 상실을 울음 버튼으로 가진 사람이 꽤 많았다. 그렇다면 과연 내 마음의 울음 버튼은 무엇인지 궁금해졌다.

《피그맨》이 읽을 때마다 우는 소설이라면, 영화도 그런 작품들이 있다. 〈나니아 연대기 2〉와 〈토이 스토리 3〉. 나는 크게 감

성적인 사람이 아닌데, 이 두 작품은 제목만 말해도 울컥한다 (지금도 또). 나는 이 두 편의 영화를 그냥 좋아하는 줄 알았는데, 이 영화들은 바로 내 마음의 울음 버튼을 눌렀다. 〈나니아 연대기 1〉에서 네 남매는 옷장을 통해 함께 나니아 세계로 간다. 2편도 마찬가지다. 하지만 2편에서는 모험이 끝나고, 아슬란은 이제 커 버린 수잔과 피터에게 다시 돌아올 수 없다고 말한다. 영화관에서 이 장면을 보면서 혼자 꺼이꺼이 오열하는 수준으로 울었다. 아슬란이 꼭 내게 하는 말 같았다. "혜정아, 너는 다시 그 시절로 돌아갈 수 없어. 알지?"라며.

〈토이 스토리 3〉도 그랬다. 나는 뒤늦게 〈토이 스토리〉를 보게 되었다. 영화를 만드는 C는 아직 〈토이 스토리〉를 보지 못했다는 나에게 그 영화는 눈물 없이 볼 수 없다며 꼭 보라고 했다 (아마 C는 나와 마음의 울음 버튼이 비슷한 사람인가 보다). 남해에서 5시간가량 버스를 타고 올라오는 길에, 아이패드로 〈토이 스토리 3〉를 봤다. 1, 2편에서 우디와 장난감을 가지고 놀던 꼬마 앤디는 3편에서 대학생으로 등장한다. 기숙사로 떠나기 전, 자신의 물건을 정리하다가 장난감들을 상자에 넣어 다락에 보관한다. 앤디 엄마의 실수로 장난감들은 탁아소에 가게 되고, 우여곡절 끝에 탈출에 성공하여 다시 집으로 돌아온다. 앤디는 그 장난감들을 가지고 이웃집 꼬마 아이에게 간다. 그리고 장난감들을 하나씩 설명하며, 잘 부탁한다는 인사를 한다. 너무나 멋진 안녕이었다. 이 장면에서도 나는 또 펑펑 울었다. 아마 버스 안에서 누군가 나를 봤다면, 엄청 슬픈 일이 생겼다고 오해했을 거다. 나는 슬퍼서 운 게 아니다. 그건 슬프다는 단어로는 설명이 불가능하다.

나는 아직도 잘 모르겠다. 내 유년이 나에게 어떤 의미였는지. 십 대로 돌아가고 싶으냐는 질문에 십 대 때 힘들었던 일들 때문에 싫다고 말하지만, 어쩌면 그건 거짓말인지도 모른다. 내가 그렇게 말하는 건, 어떻게 해도 돌아갈 수 없기 때문에 돌아가고 싶지 않은 척을 하는지도.

내가 십 대 시절에 이 이야기들을 봤다면, 그렇게 울지 못했을 거다. 그때 나는 잃은 게 없었으니까. 바로 오늘 그 시절 위에 서 있었을 테니까. 하지만 나는 그 세계에서 한 발짝 걸어 나왔다. 피터팬은 어른이 되어 버린 웬디를 보며 배신감을 느낀다. 그리고 웬디에게 복수하려는 마음으로 칼을 들고 그의 딸에게 간다. 이제 나는 피터팬이 아닌 피터팬을 지켜보는 나이 든 웬디가 되었다.

내가 반짝이던 시절

중학생 때는 급식을 하지 않아 도시락을 싸 가지고 다녔는데, 2교시만 끝나면 배가 고팠다. 그래서 우리는 쉬는 시간에 도시락의 반을 미리 먹었다. 고등학생 때는 급식을 했고, 역시나 2교시가 끝나고 배가 고팠다. 쉬는 시간을 알리는 종이 울리자마자 매점으로 급하게 뛰어가 익지도 않은 컵라면을 먹고, 백미터 달리기를 하며 교실로 돌아왔다. 배가 부르면 우리는 기뻤다.

좋아하는 아이돌의 스캔들에 울었고, 어제 오빠들의 방송 출연을 두고 TV 평론가처럼 내내 떠들었다(그래, 나도 이런 시절이 있었다). 싫어하는 선생님이 실수를 하면 우리들끼리 눈짓을 주고받으며 욕을 했고, 어쩌다가 학교가 일찍 끝나면 광복을 맞아 대한 독립 만세라도 외치는 양 좋아했다. 별것 아닌 농담에 우리는 까르르 웃었고, 나에게 냉랭하게 구는 친구 때문에 몹시 속앓이를 하기도 했다. 지금 생각해 보면, 정말 별것 아닌 일에 우리는 화를 냈고, 울었고, 삐쳤고, 좋아했다. 부끄러운 기억도 있고, 후회되는 일도 있다. 하지만 점점 그 기억들마저 희미해지면서, 내가 부르고 불러야 떠오르는 일들이 많아졌다.

이제야 십 대 시절의 내가 얼마나 예뻤는지 깨닫고 있다. 그 때 나는 참 반짝반짝거렸다. 그런데 몰랐다. 내가 얼마나 빛났는지를. 나는 십 대 아이들을 만날 때마다 "너희가 얼마나 예쁜지 모를 거야."라는 말을 해 준다. 짙은 화장을 한 아이들은 너희는 이런 거 안 해도 충분히 예쁘다는 나의 이야기를 어른의 잔소리로 생각할지도 모른다. 하지만 진심이다. 아아, 나도 그 시절 어른들에게 예쁘다는 소리를 들었겠지? 하지만 모두 한 귀로 듣고 한 귀로 흘렸는지 기억이 안 난다.

다시 돌아갈 수 없는 시절의 이야기들. 그런 이야기를 통해 나는 아주 잠시나마 그때 내가 얼마나 반짝였는지 떠올릴 수 있다. 그리고 나는 그 이야기를 볼 때마다 또 엉엉 울 거다.

역시 이 감정은 슬픔은 아니다.

네 번째 이야기

다가올 청춘이 너무나 두려워요

: 앙꼬의 만화
《삼십 살》

• • •

강연이 끝나면 으레 질의응답 시간이 이어진다. 십 대 아이들에게 어떤 질문이어도 좋다고, 내가 이야기해 줄 수 있는 건 다 대답해 주겠다고 먼저 말을 해 둔다. 대부분의 질문은 비슷하다. 글을 잘 쓰기 위한 방법이 무언지, 작가는 얼마를 버는지, 자신이 하고 싶은 일을 부모님이 반대하면 어떻게 해야 하는지에 관한 건 빠지지 않고 나온다. 가끔 내 허를 찌르는 질문을 하는 아이들도 있다. 내가 쓴 책들의 공통점을 이야기하며 문제점을 지적해 준다거나, 다른 친구들 앞에서 하기 어려운 질문을 해 주는 아이들이 있다. 그럴 때는 대답하는 재미가 있다. 나도 새로운 자극이 되니까. 대답해 주지 못한 질문은 없었다. 최근 이 질문을 받기 전까지는 말이다.

한 아이가 내게 물었다.

"작가님 나이는 삼십 대 중반이잖아요. 그러면 청춘이 아닐 텐데, 지금 작가님 나이를 뭐라고 표현할 수 있나요?"

그때까지 나는 내가 여전히 청춘인 줄 알았다. 당황한 나는 질문을 한 아이와 다른 아이들에게 내 나이는 청춘이 아니냐고 물었다. 모든 아이들이 그렇다고 고개를 끄덕였다. 단 한명도 청춘이죠, 라고 말해 주는 아이는 없었다. "아, 그러니? 그렇구나. 아, 아." 나는 계속 어버버거렸다. 결국 제대로 된 대답을 하지 못했다. 돌아오는 길에 속으로 '그렇다고 내가 중년은 아니잖아', 라고 뒤늦게 아이들에게 따져 물었다. 아니다. 사실 나는 강연 자리에서 그걸 되물을 수 있었지만 묻지 않았다. 혹여 아이들이 "중년에 가깝겠네요."라고 할까 봐. 그게 두려워 나는 묻지 못했다.

나는 주변 사람들에게 묻기 시작했다. 우리가 이제 청춘이 아니냐고. 친구들은 나처럼 당황하다가, 결국 "응, 이제 아니지." 라고 인정을 했다(몇몇은 나이는 숫자에 불과하다며 마음이 청춘이면 청춘이라 끝까지 우겼다). 그렇다. 우리들의 청춘은 종언을 맞이했다. 하지만 그건 슬프기만 한 건 아니다. 조금은 안심이 된다. 이제 더 이상 마냥 예쁘지만은 않지만, 대신 덜 흔들릴 테니까.

이건 내 청춘 일기잖아

앙꼬 작가의 만화 《삼십 살》을 보면서, 어쩌면 이건 내가 그리고 쓴 게 아닐까 싶었다. 《삼십 살》은 앙꼬의 일상을 그림일기로 그린 만화다. 물론 앙꼬와 나는 다른 점이 많다. 나는 앙꼬처럼 작곡을 할 줄 모르고, 개를 좋아하지도 않으며, 그림을 잘 그리지 못한다. 하지만 비슷한 점도 많다. 새벽을 무척 사랑하여 새벽이 더 길었으면 하고 바라는 것과 한번 자기 시작하면 열 시간 넘게 미친 듯 자고, 옷에 별로 관심이 없어 평소에 아무 옷이나 주워 입고, 소소한 유머를 매우 사랑하고, 친구가 많지 않다는 것. 더구나 나도, 앙꼬도 프리랜서이고 3녀 1남의 4남매이고(나는 둘째 딸인데, 앙꼬는 셋째 딸이다), 둘 다 83년생이다. 이런, 소름! 까지는 물론 과장이다. 《삼십 살》이 내 일기처럼 느껴진 건, 청춘을 지나가면서 내가 느꼈던 뭐라고 딱히 표현할 수 없는 감정들이 만화에 고스란히 잘 나타나 있기 때문이다.

앙꼬는 집 근처에 있는 사무실 건물에 작업실을 두고 있다. 그런데 전기세가 밀리기 시작하면서, 건물 주인을 만날까 봐 낮에는 바깥에 나가지 못한다. 화장실 사용도 못 한다. 작업실 내에서 용변을 해결하며, 모두가 퇴근한 밤에만 밖을 왔다 갔다 한다. 그렇게 앙꼬는 1년을 지낸다. 프리랜서는 수입이 불규칙하다. 돈이 들어오지 않으면 한없이 들어오지 않는다. 앙꼬는 부모님과 가정이 있지만, 이 부분은 서른 살에 가까운 나이라 쉽게 말할 수 없다고 이야기한다. 이 부분을 읽으며, 나도 그랬던 적이 있기에 조금 울컥했다. 어른은 경제적으로 부모로부터 독립해야 한다. 부모님의 도움을 받을 수도 있겠지만, 그 말을 꺼낼 수가 없다. 프리랜서 직업을 선택한 건 나니까. 요즘 나는 가난하지 않지만, 가난이 닥쳐와도 살아갈 수 있게 준비를 한다. 돈을 모으는 게 아니라, 생활 습관으로 대비한다. 나는 웬만해선 택시를 타지 않는다. 그렇다고 자가용이 있는 것도 아니다. 대중교통만으로 나는 전국 곳곳을 다닌다. 옷도 잘 사 입지 않는다.

《데뷔의 순간》이라고 17명 영화감독들의 데뷔 관련 이야기, 더 정확히 말하면 데뷔까지 버틴 이야기를 묶은 책이 있다. 박찬욱, 봉준호, 류승완, 최동훈, 변영주 등 감독들의 이야기인데, 그들이 데뷔를 준비하던 청춘 시절의 이야기는 특별하지 않았다. 유명한 감독이라 처음부터 반짝반짝 빛났을 줄 알았는데 결코 그렇지 않다. 여느 청춘들과 다를 것 없이 지질하고, 지난했다. 그들 역시 충분히 불안했고, 여러 번 좌절했다. 그들의 쉽지 않았던 청춘담이 얼마나 많은 위로가 되었는지 모른다. 모든 감독의 이야기가 와닿았지만, 특히 변영주 감독 이야기가 기억난다. 변영주 감독은 영화 일을 하기로 결심하고 가장 먼저 옷장을 열었다. 그리고 당분간 새 옷을 사지 못할 거라고, 이 옷만으로 입고 지내야 한다고 다짐을 했다. 이십 대 중반의 여자가 그런 결심을 하는 건 결코 쉽지 않다. 하지만, 자신이 원하는 일을 하기 위해서 한 가지쯤은 접고 들어가야 할 때가 있다. 그래서 나도 프리랜서 일을 선택한 대신 옷과 치장에 대한 관심을 줄였다. 대신 보고 싶은 책과 영화는 실컷 보고, 먹고 싶은 음식(그리고 술도)은 양보하지 않는다. 이건 변영주 감독도 마찬가지일 거라고 본다.

'돈 많이 버는 직업'과 '안정적인 직업'을 우선순위로 삼는 아이들이 아주 많다. 어떻게 해야 잘 살고 행복해질 것 같으냐는 질문에 아이들은 '돈'을 가장 먼저 말한다. 하고 싶은 일이 있는데, 돈을 잘 벌 수 없을 것 같아 하지 않겠다고 하는 아이들을 보면 안타깝다. 왜 모든 사람들이 돈을 1순위로 놓고 살아야 하는지 모르겠다. 물론 돈은 인생을 살아가면서 필요하다. 돈이 있어야 전기세도 내고, 먹고 싶은 음식도 사 먹을 수 있다(걱정 마라, 앙꼬도 결국 책 계약금 받아 전기세 다 지불했다!). 하지만 백수로 아무 일도 하지 않고 지내지 않는 이상, 적당히 먹고 살 수 있다. 비싼 옷을 입고, 좋은 차를 몰아야 행복한 사람은 돈을 많이 버는 직업을 선택하면 된다. 하지만 나와 앙꼬, 그리고 17인의 영화감독들은 인생의 우선순위가 돈과 안정이 아니다. 자신의 우선순위가 무엇인지 먼저 따져 보고, 그에 맞는 삶을 살았으면 좋겠다.

이십 대 초반에 내가 쓴 일기를 얼마 전 다시 보았는데, 그런 말을 적어 놨다. “지금 글을 쓰지 않으면 훗날 내 청춘에게 두고두고 미안할 것 같아.” 그 시절엔 작가가 되고 싶었지만, 되지 않을 수도 있다는 불안감도 컸다. 하지만 해 보지 않으면 나중에 작가가 되지 않더라도 너무 후회할 것 같았다. 해서 후회할 것과 해 보지 않아 후회할 것. 나에겐 해 보지 않아 후회할 게 더 클 것 같았고, 그 시절 나는 계속 글을 썼다.

너의 청춘은 어떨까?

내가 만난 대부분의 십 대 아이들이 청춘을 기대하지 않았지만 우리 또래는 달랐다. 빨리 어른이 되고 싶었고, 청춘을 꿈꾸었다. 내가 십 대 시절에는 대학생들이 주인공인 시트콤이 아주 많았다. 〈남자 셋 여자 셋〉, 〈논스톱〉 시리즈 등 매일 그 시트콤들을 보면서 아, 나도 빨리 대학생이 되어서 저렇게 신나게 지내야지, 연애도 하고, 또 연애도 하고 그래야지, 했다. 아마 내 친구들도 거의 다 그랬을 거다.

하지만 지금의 현 청춘에 대한 묘사는 즐겁지 않다. 취업의 어려움, 불안정한 사회에 대한 뉴스를 연일 보도한다. 내가 청춘이었던 이십 대 시절, 너무 억울했던 건 우리의 청춘이 아프다는 말 때문이었다. 지금 내가 아픈 건가? 아파야 하는 건가? 헷갈렸다. 나는 아프기보다 그냥 조금 어려웠을 뿐인데. 불안한 청춘을 위로하기 위해 시작한 말이라는 건 알았지만, 그 누구도 우리들의 청춘이 빛난다고, 예쁘다고 말해 주지 않았다. 순식간에 우리들은 아픈 사람들이 되어 버렸다. 그나마 다행인 건, 언젠가부터 아프면 환자지, 라고 말하는 사람들이 생겼다. 청춘은 위로받을 대상이 아니라, 마땅히 응원받아야 할 대상이다.

이제 갓 청춘을 지난 사람으로서, 청춘을 맞이할 이들에게 청춘에 대해 기대감을 심어 주지 못한 것을 매우 미안하게 생각한다. 우리가 더 즐겁고 신나는 모습을 보여 줬어야 하는데, 불안감만 많이 심어 주었나 보다.

이제 청춘을 앞둔 아이들에게 무조건 걱정하지 말라고, 긍정적으로 살라는 말을 할 수만은 없다. 한때 자기 계발서가 붐을 이뤘는데, 비판을 많이 받았다. 사회의 취약점과 불합리한 구조에 대해서는 눈을 감고, 왜 개인의 노력으로 모든 걸 해결하라고 시키느냐는 말이었다. 맞는 말이다. 그런데 한쪽만 노력해서는 되지 않는다. 개인도 노력해야 하고, 사회도 노력해야 한다.

나와 같은 창작자가 되길 바라는 아이들에게 좋은 본보기가 되고 싶다. 하고 싶은 일을 하면서 즐겁게 사는 모습을 보여 주고 싶고, 적게 벌면 적게 쓰면서 행복한 모습도 보여 주고 싶다. 나아가 창작자로서 할 수 있는 영역을 더 넓혀서 나의 다음 세대가 더 많이 창작 일을 꿈꿀 수 있도록 만들겠다. 조금 더 많은 사람이 함께 잘 살 수 있도록 투표도 잘하고, 잘못된 게 있으면 침묵하지 않을 거다. 이런 생각을 하는 사람들이 하나둘 늘어나면, 청춘은 한번 기대해 볼 만한 게 되지 않을까 싶다.

그래도, 청춘은 많이 흔들린다. 많이 불안하다. 많이 걱정한다. 그건 단단해지기 위해 거쳐야 할 통과 의례일 테니까.

파이팅, 또 파이팅!

앙꼬는 자신이 쓰고 그린 책들을 읽지 않았다. 심지어 자기 책을 한 권도 가지고 있지 않았다는 점이 꽤 놀라웠다. 그런 앙꼬는 '삼십 살'을 앞두고 용기를 내어 자신의 청춘과 마주할 다짐을 한다. 그렇게 자신의 그림일기를 다시 읽는다. 앙꼬는 천천히 자신의 청춘을 반추한다.

앙꼬는 더 이상 도망가지 않기로 한다. 나는 그냥 나임을 인정한다. 그리고 앙꼬는 말한다. 세상엔 이겨 내는 건 없는 것 같다고, 근데 언젠가는 괜찮을 수 있을 것 같다고 말이다. 《삼십 살》을 다 읽고 나서 나는 너무나 앙꼬를 안아 주고 싶었고, 그 대신 책을 꼭 껴안았다. 언젠가 앙꼬 작가를 실제로 만나게 된다면, 한성옥 선생님이 앙꼬에게 그랬듯 나도 앙꼬에게 맛있는 밥을 대접하고 싶다. 청춘을 잘 보낸 앙꼬에 대한, 우리 세대에 대한 고마움으로 말이다.

우리 모두 잘 살아요.

앙꼬 씨도 나도 말이에요.

그리고 이제 청춘이 될 여러분도 잘 살아요.

자, 다들 큰 소리로 파이팅을 외칩시다.

내 "파이팅!"의 목소리가 메아리가 되어 들리면,

같이 "파이팅"을 외쳐 주세요.

그렇게 되면 파이팅은 끊이지 않고 계속계속 널리 널리 퍼질 거예요.

"파이팅!"

보물 상자 속 이야기들

책

《GO》 가네시로 카즈키, 북폴리오 2006
《거기, 내가 가면 안 돼요?》 이금이, 사계절 2016
《기억 전달자》 로이스 로리, 비룡소 2007
《기타노 다케시의 생각 노트》 기타노 다케시, 북스코프 2009
《내가 2월에 죽인 아이》 리사 그래프, 씨드북 2016
《니 부모 얼굴이 보고 싶다》 하타사와 세이고, 구도 치나쓰, 다른 2012
《데뷔의 순간》 한국영화감독조합, 푸른숲 2014
《뚱보, 내 인생》 미카엘 올리비에, 바람의아이들 2004
《목걸이》 기 드 모파상, 소담 1996
《삼십 살》 앙꼬, 사계절 2013
《슬램덩크》 이노우에 다케히코, 대원씨아이 1999
《아직 최선을 다하지 않았을 뿐》 아오노 슌주, 세미콜론 2012
《어쩌다 중학생 같은 걸 하고 있을까》 쿠로노 신이치, 뜨인돌 2012
《엄청나게 시끄러운 폴레케 이야기》 휘스 카위어, 비룡소 2011
《열일곱 살의 털》 김해원, 사계절 2008
《우리들의 변호사》 박준영, 이후 2016
《위험한 도덕주의자》 기타노 다케시, MBC프로덕션 2016
《이런 게 어른일 리 없어》 시미즈 마사코, 티티 2016
《친구가 되기 5분 전》, 시게마츠 기요시, 푸른숲주니어 2008
《클로디아의 비밀》, E.L.코닉스버그, 비룡소 2000
《포에버》, 주디 블룸, 창비 2011
《피그맨》, 폴 진델, 비룡소 2010
《한국이 싫어서》, 장강명, 민음사 2015

영화, 드라마, 애니메이션 등

〈가족의 탄생〉 김태용, 2006
〈걷기왕〉 백승화, 2016
〈김씨 표류기〉 이해준, 2009
〈나니아 연대기 2〉 앤드류 애덤슨, 2008
〈노부타를 프로듀스〉 이와모토 히토시, 2005
〈미쓰 홍당무〉 이경미, 2008
〈4등〉 정지우, 2016
〈인사이드 아웃〉 피트 닥터, 2015
〈토이 스토리 3〉 리 언크리치, 2010
〈호빗〉 피터 잭슨, 2014